TIGER×DRAGON 4!

竹宮ゆゆこ

插畫◎ヤス

1

真的是一點也不可愛。

而且還跟精悍、充滿野性美、理性等字眼完全無緣。

臉上盡是沒出息的表情，一臉窮酸又畏畏縮縮，再沒比這更丟臉的事了。

我是無藥可救的狗。

一留神才發現我只是一隻孤零零的狗。光是走路就顯得氣喘噓噓，寂寞到了無藥可救。因為無藥可救——所以只能下跪。

對著「她」下跪、拜倒、懇求：拜託妳、拜託妳可以和我在一起嗎？只有我這隻狗根本活不下去、拜託妳嫁給我。

真拿你沒辦法。「她」一腳踩在狗腦袋上，從鼻子呼出長聲嘆息。眼神複雜地混雜侮蔑與同情，扭曲的唇吐出：「既然你都這麼說了，我也不是這麼小氣的人啦！」

於是狗和「她」結婚了。

新居就是高須家——經過師父完美的手藝之後，模樣正如所見——整棟兩層樓的出租公寓變成三角屋頂的狗屋。

小竜、快來看看，生了好多寶寶囉～有白、有花、還有褐色！你看，生了一堆小狗狗

～這可是大河妹妹生的喔～

泰泰當上小狗狗的奶奶囉～～～

「……」

啪！眼睛睜開。

眼睛雖然睜開了，心臟還是帶有被丟進擠乳器的感覺。

這是高須竜兒打出娘胎以來第一次體會到什麼叫做「從枷鎖釋放」。他連擦拭額頭汗水這點小事都辦不到，只能不斷呼呼喘氣，好不容易才以翻滾姿態離開被窩，四腳著地的狗模樣匍伏在乾淨的老舊榻榻米上。以額頭抵地的跪拜姿勢從腹部深處擠出二氧化碳——

「是、夢、啊啊啊啊……」

——連像樣的呻吟都發不出來，只能僵在原地動彈不得。T恤被冷汗弄得濕漉漉，全身肌肉都因剛才的惡夢而顫抖不已。手指用力伸進彷彿剛洗完澡，還不斷滴著汗水的頭髮裡，隨手搔了幾下。

——這是什麼夢？怎麼會有……這樣的惡夢？

身為狗的我把人生弄得一團糟之後，居然跪下來求大河和我一起生活，還和她生了小狗——還有比這更沒出息的未來嗎？還有嗎？還有更糟的嗎？告訴我，至少讓我可以和緩一下這個夢帶來的衝擊。竟然窺見這麼衝擊的黑暗未來……我是狗、下跪、大河還有狗屋，而且還很窮……感覺上好像是這種設定。當上奶奶的泰子與抱著小狗的大河都像原始人一樣用獸皮蔽體……而且大河還是虎斑獸皮。

這個凌晨四點未免太過駭人。盛夏的黎明時分，窗外已經朦朦亮了。一大早就聽得見蟬的叫聲。

嘆了口氣，全身虛脫。竜兒終於想起自己為什麼會作這個夢——

昨晚吃完晚餐之後，因為太熱加上電視太無聊加上沒事做加上冷氣不冷，於是和想看恐怖DVD的大河兩個人跑去租片。

片名是「實錄・恐怖列島日本」。隨手選了片子之後，才發現它的租金很便宜。看完之後的想法是：開什麼玩笑？到處都是電腦CG，別說吊著看似屍體的假人的繩子看得一清二楚，甚至還看得到拉繩子的男性工作人員。順帶一提，那個工作人員還在下一齣劇裡擔任男主角，被頂著一頭無層次長髮、一看就知道是抄來的跟蹤女追著跑……

兩人邊看邊罵這部一共三篇的無聊迷你影片，最後還是把它看完了——八成是因為實在太無聊了。

第三則故事就是「那個」——「恐怖列島．關西篇～我生了狗小孩！～」見都沒見過的廉價女演員以悲慘的表情淒厲慘叫時，的確有點恐怖。「呀啊啊啊！寶寶身上冒出密密麻麻的斑點！」——手上抱著大麥町幼犬，口操冒牌的關西腔，演得非常賣力。

竜兒與大河兩人狂笑一陣之後，互相說聲：啊——真是浪費錢、浪費時間！最後大河終於想睡了，回到隔壁的大樓。

受到無聊的影片影響作惡夢？自己都覺得沒出息！這個夢是想要賺回租片錢嗎？如果真的這麼恐怖，就算付錢我也不看。

「真是……這種夢、糟透了……」

不是指夢的哪裡很糟糕，而是整體來說都很悲慘。吐出不知第幾回的嘆息，擦擦冷汗涔涔的冰冷脖子。

至少呼吸一下早晨的清爽空氣，讓涼風吹散糟到不行的心情吧！竜兒「喀噠」一聲打開床邊窗戶，卻沒想到外頭的空氣意外悶熱，忍不住吐出舌頭。

結果——

「……！」

僵住。

從另外一個角度來說，窗外那頭是比夢更恐怖的現實……

隔了道矮牆的隔壁大樓，正對竜兒的房間、高度差不多的二樓窗子，就是逢坂大河的房間。此刻出現在敞開窗前，隨意穿件細肩帶上衣瞪視竜兒的傢伙，不是大河還會有誰！

到底發生什麼事了？緊鎖眉間擠出閃電皺紋，溢滿厭惡的上唇微顫……那頭亂髮是她自己抓的嗎？樣子看來彷彿剛經過一場大爆炸。大河就站在那裡，狂氣滿溢的眼神宛如剛吞下一條毒蛇而噎住的老虎。她到底從什麼時候開始以那副模樣站在那裡狠狠瞪著竜兒——高須家窗戶的呢？

竜兒連句早安都說不出口。她全身散發的負面劇毒電波正在啪滋啪滋噴出火花。

「竜兒……」

一陣冷。竜兒感覺冰冷的血液似乎正從腹部底處湧上。然後——

「我作了個討厭的夢。非常、非常……討厭……的夢。你是狗，這隻狗竟然是我的老公，小孩子也是狗，我身上還穿著虎斑獸皮……總而言之糟到不行……」

咕嚕。竜兒嚥下口水，無法做出任何反應。

不會吧？

真的假的？我們兩人真的在同一個晚上、同一時間，作了同樣的惡夢嗎？同步率也未免太高了！照這樣下去，這間出租公寓會不會和那棟高級大樓融為一體？

啊，眼前這也是夢吧？竜兒就這麼緩緩關窗，假裝什麼也沒看見、什麼也沒聽見，再度鑽回床上。

我已經什麼都不想思考了——

＊＊＊

逢坂大河低語著：「警告夢。」

「……精搞猛？這是哪裡的色情網站……喔！」

「笨蛋、才不是！是警、告、夢！」

不過是不小心聽錯而已，這個女人竟然用筷子夾住洋蔥絲瞄準我的眼睛射過來。

「我是在說今天清晨那個恐怖到極點的惡夢。那應該是警告夢……因為明天就要去旅行，我們的潛意識才會作那種夢。」

「妳說什麼？」

竜兒擦去臉上的沾醬反問，同時瞥了大河一眼——大河正在一股作氣吸食麵線。竜兒凝視她的嘴邊，一邊嚼著提味的茗荷——閃亮眼神猶如吸飽人血而充滿妖氣的日本刀——不過

他可不是因為吸食違禁藥品而作起七彩的夢，只是有點受到惡夢的影響罷了。

早上十一點，窗外早已熱到不行。太陽雖然沒有照進屋子裡，這間２ＤＫ的空間還是悶熱得很。

現在是暑假期間沒錯，不過這頓早餐也太晚了。高須家難得出現這種情況。

竜兒與大河面對面坐在矮桌兩邊。大河一副了不起的模樣碎碎唸道「你什麼都不知道嘛。」同時貪心地想要一次夾起大量麵線。

「唔──！」

麵線從筷子上滑落。無言的竜兒用自己的筷子，漂亮捲起適量的麵線，放入大河的沾醬裡──當然沒有一句謝謝。「咻嚕嚕！」雪白的麵線瞬間進入薔薇色的櫻桃小口消失無蹤。大河吞下那口麵線之後──

「我要說的正如同字面所示，那個夢帶有警告意味──如果我們不好好研討對策，結果就是那個樣子。」

「原來如此。意思就是說，那個夢跟我們睡前看的奇怪ＤＶＤ無關囉！話說回來，為什麼會跟川嶋等人的旅行有關係呢？」

哈──啊──啊──大河誇張嘆氣，不耐煩地放下筷子，抬起下巴輕睨竜兒，還一副了不起的模樣用手撐住臉頰：

「你今天的遲鈍真是讓我受不了。都是你害我食慾盡失，可以收下去了。」

「明明一個人吃掉兩束麵線……吃完飯至少收一下餐具吧？」

「肚子飽到動不了。」

「小心變成牛。」

「總比沒用的狗好。」

與其繼續爭論，不如就此打住，才不會浪費力氣。竜兒一邊詛咒「快變成牛吧，我好搾妳的牛奶」一邊疊起吃完的餐具。比起一輩子當狗奴才，和虎紋牛一起過著酪農生活，心情還比較好一點。

「繼續說下去——那個夢的意思，正意味無法向小実告白就結束旅行的你，與沒被北村當一回事就結束旅行的我，兩個人悲慘的未來。你不想變成那樣吧？很恐怖吧？那就得好好努力才行！就是這樣。你也不喜歡變成那樣吧？」

「這……的確是不想。」

竜兒以閃著晦暗光芒的眼睛，看著吃飽飯也不幫忙收拾的大河，咬牙痛苦低語。

「是你自己要下跪還這麼囂張……不過，那就是對於這趟旅行的警告，警告我們如果不充分善用這個絕佳機會，我們的將來就會是那副模樣。這是我的看法啦！」

說完話的大河將原本坐在屁股下面的坐墊對折當成枕頭，側身躺在榻榻米上。然後以跳

水上芭蕾的姿態垂直舉起雪白的腿，將腳底板踩在牆壁上。

真是沒規矩。竜兒皺皺眉，可是除了警告夢這點值得懷疑，又沒什麼辦法反駁她。

大河所說的絕佳機會、這趟旅行，就是他們從明天開始，前往川嶋亞美家別墅的三天兩夜之旅。

上學期期末，一群人為了去還是不去，甚至展開了牽連全班的游泳對決。最後演變成北村、実乃梨、亞美，加上竜兒與大河的五人旅行。不管怎麼說，對於因為諸多因素無法和家人一起旅行的竜兒與大河來說，這趟旅行是無趣又無聊的暑假裡唯一的活動。兩人雖然到目前為止嘴上什麼都沒說，不過他們可是成天扳著手指、熱切期盼旅行當天的到來。而且他們等一下還要去車站大樓購買旅行要用的東西。

期盼的理由不用多說，當然就是能夠和單戀的對象一起出外過夜……搞不好還會出現不錯的氣氛呢！竜兒的目標當然是櫛枝実乃梨。

竜兒收拾東西的手沒停過，臉上表情也變得和緩：

「沒必要把那種夢當成什麼莫名其妙的警告夢吧？這種好機會可是很難得的。再說我在學校也沒辦法和她多聊上兩句，所以希望能夠趁著這次旅行，拉近和櫛枝的距離、和她多親近一點。」

「出現了。這就是你的問題！」

大河仍舊躺在榻榻米上，大大的眼睛閃耀光芒盯著竜兒。

「怎、怎樣啦？」

「你就是老是那樣，才會夢到那種討厭的警告夢！」

大河撥弄輕柔流洩在榻榻米上的長髮，手放在坐墊上撐著臉頰抬頭——瀏海之間能夠窺見滲出汗水的圓額頭、線條精緻的鼻子、令人聯想到薔薇花蕾的薄唇，加上仰望竜兒猶如魔性寶石的眼神，低垂的長睫毛更散發令人眩目的光芒：

「打從骨子裡就是隻單『蠢』笨狗！那種慢吞吞的模樣，只適合有特殊癖好的人。」

——如果不是這種個性，眼前的女孩子的確是個美女。

「幹嘛一直盯著我看？討打嗎？」

「……」

如果是她，一定說到做到。

人如其名的逢坂大河，是個猛烈殘暴有如老虎的女生，人稱「掌中老虎」——雖然一百四十公分的身高在高二學生裡的確少見，可是嬌小的身體裡蘊含驚人力量，加上性格粗暴凶殘，周遭害怕她的眾人紛紛敬而遠之。

話雖如此，端坐在她身邊的竜兒，外表也堪稱是掌中老虎的夥伴——散發凶惡目光的三角眼，可怕的程度，只要被他一瞪，就能做掉五個普通的小混混……事實上一切只是遺傳，只有臉長得很可怕。

認真、笨拙、不愛強出頭的好好先生，所有家事技能就像呼吸一樣自然、與生俱來——高須竜兒不過就是這樣的男人。竜兒不禁再次感慨，這樣的自己竟然能夠與大河這種女生一起生活到現在，真是了不起啊！

大河當然感覺不到這股纖細的感慨。

「聽好了，為了遲鈍到不行的你，我就從頭再說一遍。給我聽清楚。」

「唔。」

由下方伸來的纖纖玉指，充滿命令意味刺向竜兒的下巴。瞪視竜兒的眼睛，蕩漾著近似暴虐的侮蔑：

「你剛剛說過『所以希望』、『多親近一點』是吧？」

「我、我是說過！那又怎樣？不要刺別人的下巴啦！」

「你老是這樣，『希望～』、『如果～』、『順利的話～』嗚呼呼忸忸怩怩的！直到現在你……不、我們都是這個樣子，輕輕鬆鬆等待偶然的好運，所以才會老是以失敗收場。這已經快變成例行公事了。再這樣發展下去，等我們回過神來……啊，你已經變成狗，而我已經成了你的新娘，兩人在狗屋裡舉行婚禮。搞不好小実和北村同學還會發表動人的感言：『我們可是一路為這兩人加油打氣！』之類的！」

「……唔……這、這樣……」

嗚呼呼忸忸怩怩？我不記得自己做過這種事——例行公事更是……說不定就是這樣，很難否認。大河看著竜兒的表情，深深點頭：

「對吧？所以我才說是警告夢。我們如果不趁現在一決勝負、跳脫以往的模式，就等著面對狗未來吧！這次機會難能可貴、千載難逢，錯過或許就不會再有了！」

「妳的意思是說，這次旅行我們又要互相幫忙……」

「又來了！那也是我們常有的失敗模式！我想到了，我們這次不再合作，兩個人都要認真一決勝負，絕對不讓惡夢的情境實現！所以這次採用一個人全力支援另一個人的方式，卯足全力上吧——這樣總比兩個人一起失敗好多了。」

「喔喔……」

大河的手指頂住下巴，所以竜兒沒辦法點頭，不過也許她說的沒錯。真難得大河會說出這麼聰明的——

「所以這次就麻煩你忘記自己的事好好支援我和北村我們是命運共同體謝謝啦！」

「啊……？」

大河一口氣迅速說完。用書面資料來打比方，大概就像是地下錢莊的契約書背面那些小到不行的規定——這番話完全是犧牲竜兒的單方面發言。大河再度躺回坐墊上：

「啊——喉嚨好乾。你去幫我拿個麥茶，別忘記加冰塊。」

給我等一下！竜兒忍不住坐正姿態，緊盯大河的臉。眼前的事情這麼重要，自己這次可不能再逃避了。

「……妳別傻了，我可是一字不漏聽得清清楚楚！妳怎麼可以擅自決定呢？依照妳剛才的說法，也可以由妳來幫我吧？」

「……」

「不准無視我的存在！」

「囉嗦……痛！」

竜兒抽走大河枕著的坐墊。

「開什麼玩笑！說了這麼多，最後一句才是妳想說的吧？到頭來還不是只為自己著想！」

「搞什麼鬼啊，禿頭！」

「我才不是禿頭！」

「當然是為自己著想！哪裡有錯了？」

「竟、竟然說變臉就變臉……」

「枕頭還來！」

「這是我家的坐墊！」

「我的枕頭！」
「坐墊！」
結果演變成一場沉默的坐墊爭奪戰，兩人坐在榻榻米上盡全力拉扯坐墊，彷彿是誰搶到就贏了。
「唔……！」
「唔……！」
啪哩！聽到坐墊發出撕裂聲，竜兒不知不覺鬆開手（※這真是大岡的判決），於是大河便順勢朝正後方漂亮摔去。
「咦！」
後腦勺狠狠撞上矮桌。隨著可怕的「鏗！」一聲，大河直接捲起身子緊緊抱住戰利品坐墊，一言不發按著頭。
「喂、喂……要不要緊？」
這個聲音可不是開玩笑的，要是她變得更笨的話可就糟糕了。竜兒小心翼翼接近大河身後出聲呼喚她。
「……！」
「唔喔！」

大河仍舊沒出聲，美麗的容顏因為疼痛與憎惡而扭曲。掄起坐墊對著竜兒一陣猛打——

砰！砰！沒出息的竜兒只能邊閃避坐墊攻擊邊大喊：

「住手、別鬧了！灰塵都飛起來啦！」

「囉唆！」

就在閃避掌中老虎全力的坐墊攻擊時——嘎啦！竜兒身後的拉門打開，可是大河的動作已經停不下來。高須家的寵物鸚鵡·小鸚因為受到驚嚇，以醜上三倍的模樣大叫：

「啦、啦喔！」

停不下來的坐墊攻擊——

「噗！咳……咳、咳、咳……」

砰！漂亮的一擊，正好打在竜兒三十歲的童顏母親泰子臉上——渾身疲憊的家庭支柱正好從拉門探出頭來——早上八點到家，剛剛好不容易才入睡。

「對對對、對不、對不起……！」

就算大河也只能丟下坐墊，趕忙來到按住臉，熱淚盈眶的泰子身旁。身上穿著竜兒國中時代的運動短褲，配上斑馬條紋細肩帶上衣的泰子似乎承受不住剛才的攻擊，癱坐在地。

看到母親的臉，竜兒一句話也說不出來，大河也發現異常快速退開。現在他才弄懂小鸚剛才在說什麼——「啦喔」，合在一起就是「老」。

泰子突然變老了。是天氣太熱了？還是沒睡飽？還是因為沒卸妝就直接醉倒？平常總是充滿女性荷爾蒙彈性的粉嫩肌膚，此刻卻是一片皺紋，呈現那個年紀該有的慘不忍睹。

「那張老臉是怎麼一回事……？究竟發生什麼事了？快喝點營養補給品！快點幫那張臉敷點什麼！」

「嗚、嗚～因為，好吵喔，人家睡不著嘛～睡不著，泰泰就會變老～～」

面對眼淚不停落下的親生母親，竜兒已經不知道該說什麼才好。

兒子與食客只能拚命道歉。為了確保泰子的安眠，兩人只好慌慌張張趕緊出門。

＊＊＊

「……這樣就好了。準備好了嗎？」

「隨時都行！」

大河居住的大樓馬路另一頭，是一座公園——

充滿綠意的櫸木步道圍繞四周，中間是一片相當寬闊的廣場。帶著狗的主人或是散步、或是聊天；現正就讀幼稚園小朋友們坐在樹蔭下大喊：「好熱！」、「好累！」；周圍的蟬嗚嗡嗡作響……雖然有風，卻像吹風機吹出來的熱風。

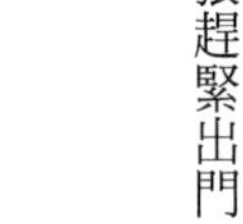

時值眼睛都快著火的盛夏正午時分，竜兒與大河向房東借來羽球拍，用腳尖隨意畫出幾條邊線，面對面站在線內。額頭上的汗水拚命流下，臉頰因為熱氣而泛紅。

兩人的眼神都很認真。原本身穿輕飄飄連身洋裝的大河甚至還回到大樓換了一身T恤短褲，並將長長的頭髮確實綁好，發光的眼中還有火焰在燃燒。

「先取得三分的人贏，要哭要笑全看這一場。至於輸的一方……懂吧？」

「都說知道了！」

這不是普通的羽球賽，而是一場攸關未來的比賽。輸的一方必須在旅行的過程中全力協助贏的一方。

竜兒站在夏日青草氣息中，隨手把玩羽毛球，內心暗自竊笑。不管大河多麼具有野生動物的運動神經（游泳除外），可是還是很不好意思，這場比賽我贏定了！別看竜兒這副長相，其實他在國中可是羽球社的一員。

從正中間分成兩半，沒有球網的長方形臨時球場，這是一場嚴苛的比賽。總之就是拚命把球送到對面，趕緊結束比賽。猜拳決定發球權……得在中暑之前結束這場比賽才行。

既然那場惡夢是警告，那我就更不能輸，我才不想變成夢裡的樣子。說真的，雖然不期待大河能帶來什麼助益，可是叫我幫助大河，對我來說實在負擔太大了。至少不能讓她來干擾我——為了這場期盼的難得旅行！為了我與実乃梨光輝燦爛的未來！

「開始囉！」

輕飄飄的羽毛球飛上藍天，比賽才一開始竜兒就卯足全力揮拍——羽毛球隨著「乓！」的暢快聲響，畫出一條斜線直入地面。

才剛這麼想——

「喝！」

大河以野獸之姿向前奔跑，手上的羽球拍挖起草地的土壤，輕輕挑起羽毛球。竜兒根本沒料到大河會趕到，慌慌張張追上剛好越過中線的羽毛球，忍不住認真撲倒在地救球。好不容易救起的羽毛球在空中拉出一條弧線。「哼！」大河一聲冷笑，緩緩落下的羽毛球剛好掉入球拍正中央——

「……！」

「嘿！」

勝利姿勢。另一邊的竜兒一句話也說不出來——剛剛穿過身旁的東西是什麼？火箭嗎？

「喂！發什麼呆啊？我拿下一分！」

臉上露出微笑的大河揮舞羽球拍，羽毛球落在——應該說是插在竜兒身後的柔軟土地。

「妳、妳打過羽毛球？」

竜兒知道問題不在這裡，不過他還是想問一下。大河一副若無其事的模樣：

「沒有。不過我在小學和國中都就讀私立女校，這九年都是網球社的社員。可能跟這一點有關吧？」

咻！

教人清醒的急速揮拍。如果她手上不是羽球拍而是牛刀，跑過大地的牛群會被那股力量劈成兩半吧。「熱死了——快點打完啦！」大河以無所謂的表情搧風。「等一下。」竜兒撿起羽毛球，不安的眼神顯得不知所措——這下子根本沒有優勢嘛！這場戰爭明明輸不得……

「現在換我發球了。」

「喔、喔！」

竜兒擦拭早已滿是汗水的額頭，盡量以面無表情的樣子把羽毛球遞給大河。大河的手輕輕拋了幾下羽毛球——

「預備！」

把球拋向盛夏藍天，盡可能彎曲纖細的手臂，用上全身的彈力揮動羽球拍。竜兒站在無論左右都能對應的中央屏息以待——

「咦！」

用力、揮空。

大河的羽球拍畫過天際，讓她丟臉的羽毛球落在腳邊。不再沉著冷靜的竜兒大呼：

「好！一分、一分！同分、同分！同分啦！」

「才怪、才怪！剛剛不算！不——算！」

「怎麼可能不算！當然要算啊！笨——死了！笨蛋！」

竜兒以必死的決心衝進大河的場地，用羽球拍靈巧挑起地上的羽毛球，打算把球帶走。

可是有人扯住他的衣領——

「喂，你給我等一下！哪有這樣的？那是我手滑！手滑、手滑、手滑——！」

「什麼嘛！明明就是妳沒打到，當然要算啊！所以換我發球！」

兩人在草坪上展開一場醜陋的爭論，手拿羽球拍互相戳刺對方——大河想搶回竜兒手上的羽毛球而揮拳攻擊，竜兒則以身高優勢墊起腳尖、高舉雙手維護球權，同時還以屁股相撲的訣竅扭動身體擠開大河。

悠閒地帶狗散步的太太軍團遠遠看著他們兩人，不禁笑了：「天氣這麼熱還玩得那麼開心啊——」、「男孩子明明一副壞人臉——」、「不過兩個人還真有精神呢——」、「會不會玩一玩就中暑昏倒啊？」也許是心理作用，總覺得她們帶的狗也張開嘴「嘿嘿嘿」笑著。

不過現在可沒閒工夫在意那種事。

「好啦、快給我！我要重發！」

不耐煩的大河拋開羽球拍，折響手指關節，打算襲擊竜兒而上前一步——

「嗚！」

沒想到羽球拍飛得太遠了，竟然正中某隻狗狗軍團的腦門——「咚！」清脆的一擊。糟了！竜兒和大河都轉過頭，只聽到飼主大叫：

「唉呀唉呀唉呀！奇哥寶貝，要不要緊啊？」

「嗚、嗚嗚嗚……」

只見看起來很要緊的奇哥抬頭瞪視大河——牠是附近少見的大型哈士奇，肌肉發達、大熱天還頂著厚厚的雙層長毛，外加小心惡犬的凶猛長相。

奇哥以可怕的表情盯著大河，接著皺起鼻子，向前踏出一步——牠的眼神似乎在說：是妳幹的吧？道歉的話我就饒了妳！

大河看了奇哥一眼，立刻轉頭對奇哥身後的飼主鞠躬低頭說聲「對不起」。坦率表現出反省態度。

接著大河又挑眉看了奇哥一眼，然後以鼻子「哼！」了一聲，驕傲地抬起下巴。「對主人道歉可以，要我對狗低頭？免談！」嘴裡雖然沒說，可是態度一目了然。

「不不不，沒關係啦！奇哥雖然長得這麼可愛，可是也是個很健康的孩子，力氣也很大，和外表完全不同呢！我們都叫牠『橫綱（註：相撲選手裡最高階的稱呼）奇哥』……啊！」

就在此時——

奇哥掙脫飼主手中的繩子，朝大河狂奔而去。「呀——！」飼主軍團一起放聲大叫，就連竜兒也被牠的可怕長相嚇得往後退。

「要動手嗎！」

「汪！」

咚————！大河擋住體型巨大的奇哥衝撞。

站起來高度相當的女高中生與哈士奇，在盛夏的草地上發生衝突。彼此的威力幾乎是勢均力敵。奇哥的後腳顫抖，大河的運動鞋正在往後退。竜兒心想：這場戰爭應該會變成持久戰吧？就在這時「嘖！」、「汪！」一人一狗暫時分開，快速拉開距離。

「嗚～」奇哥低聲嗚叫，捲起尾巴低下頭，淺藍色的眼睛往上瞪視大河。「幹嘛！」大河也低聲應戰，吊起炯炯貓眼，揮動雙手擺出能夠隨機應變的姿勢。雙方的眼中早已沒有理性，化身為野獸一對一單挑。

兩頭猛獸保持等距離繞圈，只見奇哥搶先出手——牠以後腳站立，伸出巨大爪子閃閃發光的前腳——

「唔！」

推了大河的肚子一把。大河低哼一聲，瞪向奇哥：

「要玩是吧！」

「嗷！」

大河給奇哥的長鼻子一巴掌。

「竟然和動物認真了？真、真是對不起……！」

竜兒不禁焦急不已。這傢伙到底想對別人家的寵物做什麼？竜兒語無倫次地向飼主低頭道歉，卻沒有勇氣阻止兩頭野獸。

「不、不……我也很抱歉。那位嬌小的小姐不要緊吧？」

歐巴桑飼主看到竜兒的臉，「唉呀，美少年！」突然羞紅了臉。其他的飼主軍團紛紛竊竊私語：「眼光果然異於常人。」、「這位太太真是喜歡怪東西！」是是是，反正我這張臉就是屬於奇哥的同類。

竜兒和旁觀者一起屏息看著大河與奇哥幾近勢均力敵的對抗，雙方數度伸手過招，彼此互瞪，認定對方是敵人。

「嘿！」

「汪！」

再度緊緊抓在一起。

大河已經全然忘記竜兒的存在，全心全意和呼吸紊亂的大狗戰鬥。竜兒稍微想了一下，小聲說道：

「喂，大河……剛剛那一分不算，這次換我發球了。」

大河連忙抬頭：

「什麼？你剛才說什麼？我現在只聽得到這隻笨狗的喘息聲！」

沒聽到就算了。

竜兒手拿羽毛球和羽球拍，自己一個人回到臨時球場，「啵——！」一聲把羽毛球打出去，球落在大河的場上。竜兒走過去撿起球，接著又「啵——！」打出去，落在大河的場裡。竜兒再走過去撿起來，又一次「啵——！」

「好，比賽結束。我先取得三分，所以是我贏了。旅行的時候好好為我賣命吧。」

「啥、啥？你給我等一下，你說什麼？別開玩笑了！閃開！現在不是和你玩的時候！」

大河總算回過神，想要推開奇哥。可是奇哥和大河緊緊靠在一起，一副可怕的模樣一動也不動。也許牠覺得如果力氣輸給她，人稱橫綱的自尊可就不保了。

「我說夠了！好、好啦！我知道了，我認輸、我認輸！是我不好、我道歉、對不起！好了，快讓開！快回去！」

大河邊說邊想要抽身，奇哥卻死不讓步。大河滿臉通紅，汗水直流：

「不過……好、好熱……熱死人了！一身長毛好熱！長毛超熱的！熱死了！」

與奇哥緊緊相擁的姿態，的確像是在大熱天穿著毛皮外套。

大河打算擺脫奇哥，於是轉身向後仰，可是奇哥也配合大河的動作，後腳向前踏步逼近。大河又往斜後方移動，奇哥也跟著跨出華麗的一步。

雖然這對拚命的大河（和奇哥）過意不去，不過在旁觀的竜兒眼裡，他們兩個的模樣簡直像是在跳騷沙舞。

「搞什麼啊……滿合得來嘛？」

那副景象似乎觸動飼主的心弦，只見她慢慢拿出手機，開始拍攝自家寵物與附近的高中女生共舞的奇景——當然是攝影模式。

「離我遠一點！叫你離我遠一點！啊～連吐氣都是熱的！」

時值盛夏，火辣的陽光毫不留情加熱奇哥的毛皮，連靠在一起的大河都快要燃燒起來。他們的步伐開始加速，還加入跳舞的動感熱情節奏……可是滿頭大汗的大河眼眶帶著淚水，腳步開始蹣跚，於是奇哥開始主導舞步——

「夠了！我知道了！我知道了啦！算你們贏可以了吧！竜兒，你如果是狗的話就快把這隻狗帶走！快點叫牠走開！」

向後仰的大河正式向竜兒求救。

「真的算我贏嗎？」

大河沉默猶豫了一秒、兩秒……終於在混雜喘氣聲的沉默中——

「好……好啦！」

——竜兒拚命說服飼主，奇哥才心不甘情不願饒過棄權的大河。竜兒終於獲得勝利。

老實說，竜兒雖然利用這種手段獲勝，可是完全不指望笨神附身的大河能幫上什麼忙。全宇宙最不值得期待的事，就是大河的努力。

可是——

「我想到一個很棒的方法……」

兩人為了納涼來到須藤吧。T恤上沾滿狗腳印的大河邊喝冰奶茶邊抬起臉如此說道。

「歡迎光臨須藤巴克！」在打工的女大學生響徹店內的聲音裡，大河發出微弱的聲響。順便解釋一下，這裡名叫須藤咖啡吧，店名沒有任何「巴克」。

聽到大河的低語，口中含著冰咖啡的竜兒瞪大三角眼：

「真的假的！原來如此，這下子……不過話說回來，該怎麼做才好？」

「我們兩人聯手。」

大河纖細的手指尖來回指著自己與竜兒：

「雖說那場比賽你贏的很卑鄙，我根本不想替你加油，而且你也配不上小実，可是那場惡夢……拜託，如果是真的我可受不了！所以我就好好幫你一次……再說，總不能一直抱著無法實現的夢想，乾脆豁出去讓你的夢想破滅不是比較好嗎？夢想破滅的人們也會有所成長，這樣一來，那個如夢的沒出息未來就不會實現了。」

「……妳已經確定我會夢想破滅了嗎？」

「我可不是隨便亂說。此刻的你，早已具備一大堆足以讓夢想破滅的可能性，最後只能弄得腰痛住院，望著天花板嘆息。」

坐在對面座位看著竜兒的巨大貓眼裡，搖曳比盛夏陽光更強烈的侮蔑色彩。

＊＊＊

白天的羽球對決隔天早上六點——

「好！」

竜兒在昏暗的廚房裡確認冰箱冷凍庫裡的東西，心滿意足點點頭。

用五杯米煮好的大量白飯——竜兒將白飯分成每餐的分量，再用保鮮膜一份一份包起來儲存。至於配菜就很抱歉了，只是各種冷凍食品與乾燥食品的組合。

「在拋下妳去旅行之前，我有話想先跟妳說。我要說的內容相當複雜，妳要注意聽……

聽好了，所有料理只要微波加熱就可以吃，千萬不要用到火喔。」

「喔……」

「那些做好的裏海優格可以吃……至於小瓶裝的是下次要用的，必須完全殺菌保存才行，千萬別亂動！每天都要攪拌米糠——記得戴上塑膠袋，一邊用心攪拌一邊在心中默唸：『感謝各位。』還有小黃瓜今天晚上、茄子明天晚上正好吃。」

「吃……」

「小鸚的水不管有沒有剩，至少每天早晚都要各換一次，飼料即使還有也要更換兩次。籠子底下的報紙每天都要更新、偶爾和牠說說話、上班前將布蓋上。這些事情盡量就好，不是很重要。」

「要……」

「要繳的錢都已經繳了，應該不會再來……我想應該不會再來了……會嗎？嗯，還是準備一點好了。」

嘮嘮叨叨的大男人宣言……錯、是注意事項。竜兒說完之後，站在兒子面前的老媽仍舊不發一語，前後左右晃個不停。

「喂，妳有沒有在聽啊？懂嗎？覆誦一次看看。」

「喔吃要……」

在這間一如往常、朝陽照不進來的昏暗2DK裡，母親泰子吐出的氣息依然帶著濃濃酒臭……這也是理所當然的，畢竟她在一個小時前才剛進家門，正準備上床睡覺時就被兒子強迫離開床鋪，拖進廚房。

搖搖晃晃的泰子眼睛只張開了2mm。反正不是有一種睡眠學習法嗎？既然能夠覆誦出「喔吃要」，基本上算是有聽進去，應該不用擔心。兩年前國中的四天三夜畢業旅行，家裡不是也大唱空城計嗎？雖然待洗衣物堆積如山、外送的餐具在流理台裡發臭、沒拿去扔的廚餘開始發酵……不過泰子和小鸚還是活得好好的。

「那我走囉！」

「走……嗯？」

泰子總算注意到兒子身穿T恤＋五分褲＋背包的模樣，懷疑地皺起眉頭，偏頭問道：

「小竜……要去哪裡……？」

「旅行。我之前不是說過了嗎？」

「旅……？旅……」

也不曉得她到底明白還是不明白，泰子點了幾次頭。嘴裡小聲說著「喔吃要……」然後光腳回到床鋪。唉，算了。竜兒轉身——

「小鸚，我走囉！」

走近擺在窗邊的鳥籠，輕輕掀起蓋布。

「喔……！」

在離別的早晨，熟睡的小鸚毫不留情發揮最強的實力！為什麼睡覺不闔起啄子？為什麼從啄子間露出來的舌頭會流下好像口水的東西？為什麼眼睛不但翻白眼還斜視，身體正在不斷痙攣……這些問題的答案到現在依舊無法得到解答。

即使如此，無論別人認為牠有多噁心，依然是我家最可愛的寵物！竜兒還是滿懷愛心幫牠換上新的水與飼料。

「那麼……出發了！」

竜兒起身揹起塞滿物品、準備萬全的背包。

打開不停作響的玄關門，外頭吹進帶有些許夏天清晨涼意的微風，吹涼竜兒的眼皮。待在屋裡雖然看不出來，但外面是一片晴天，遠處天空湧起積雨雲，看樣子今天依然是很熱的一天。

變熱的時候，我們八成已經抵達別墅了——東聊西聊，開心地什麼都聊。

在這個三天兩夜裡，會有多少開心事在等待我們呢？我和実乃梨會聊些什麼？我們能夠進展到什麼地步？和北村也是好一陣子沒見了。一想到亞美和大河即將再度開戰，竜兒又感到一陣疲憊。不過現在可是暑假！沒有父母親同行的短期旅行……開心的事應該會比較多吧！一定沒錯！

竜兒為了房東著想，小心翼翼壓低腳步聲走下鐵梯，來到清晨的天空下。他的目的地是徒步數十秒的隔壁大樓──

她應該還沒準備好吧！所以竜兒特地提早出門。

「啊……」

只見大河站在大理石入口大廳的階梯上，抬頭看著竜兒──舉起右手算是打招呼。

「喔！怎麼回事？妳竟然會在約定時間前出現，太神奇了。」

「偶然而已……」

話說這個偶然準時的大河，今天早上身穿全新的薄荷綠連身洋裝，頭髮弄得漂漂亮亮，將一邊的頭髮綁成辮子，嘴唇還擦上淺色唇彩，整個人宛若夏天清晨盛開的清新薔薇。竜兒有些不好意思地挪開視線，還是不忘舉起左手回禮。

我會好好幫你──說雖如此，畢竟要和自己喜歡的對象去旅行，想來大河也會開心到睡不著。竜兒企圖掩飾自己想笑的心情，邁步走在前頭。

距離集合時間還有十五分鐘，慢慢走也來得及吧？可是心中卻不知不覺只想快點抵達集合地點。

兩人稍微提早抵達約好的車站總站收票口，在那裡迎接兩人的是——

「嗯？」

「那個……應該是……小実……沒錯吧？咦？」

旅客、家族、出差上班族等人雖然不多，還是稱得上人來人往、至少絕不是空無一人的車站裡——那個人正站在那裡。

「早安！」

竜兒與大河眼前這位姿態柔軟的微笑少女，不正是櫛枝実乃梨嗎？実乃梨注意到兩人的到來，突然慢動作跨開腳步、彎曲膝蓋、上半身前傾，開始以臉畫圓。比実乃梨的動作慢半拍，從她身後以同樣姿勢探出頭的，是一張熟悉的眼鏡臉——

「喲！嚴格遵守時間！你們兩個真了不起！」

他們兩人一前一後，說話的同時依舊繼續轉動臉部。面對這副光景，竜兒與大河完全不知該如何反應，只能呆立原地。周圍的目光全都毫不客氣望著兩位不可思議的年輕人。獅頭鷲！那是獅頭鷲的動作！兩名三十幾歲的上班族懷念不已地瞇起眼睛。

実乃梨與北村——這對壘球社男女社長像螺旋槳一樣輪流露出臉蛋：

「哈哈哈——！大家都在看！大家都在看我們喔，北村同學！」

「不枉我們費心練習！」

開心微笑的兩人左右分開，互拍肩膀稱讚彼此的勇於挑戰。

「跳得好！」、「好一個獅頭鷲！」……看來因為旅行而興奮不已的人，不是只有竜兒與大河而已。

「你們兩個一大早就這麼有精神啊……對了，獅頭鷲是什麼？」

「別在意、別在意。我因為太過期待結果太早來了，沒想到北村同學也到了。」

「正好那邊有面鏡子，所以我們就順便練起這種舞蹈迎接你們。」

「真是蠢啊……喲！眼鏡仔，好久不見。」

「喲喲！三角眼！」

竜兒邊說邊和北村互戳腹肌——事實上，竜兒的目光完全沒離開微笑的櫛枝実乃梨。

在晨光中停止怪舞的実乃梨有如太陽之子一般耀眼——一面玩弄大河的頭髮，一面確認大河味道的她，比什麼都亮眼。

五分褲加上短袖連帽上衣，這麼簡單的穿著也是可愛、可愛到不行！她比先前曬得更黑了吧？臉頰與鼻子兩側都跟小孩子一樣通紅的実乃梨，眼睛正瞇成兩條線微笑——那副模樣真的太可愛了！要是由竜兒來說，那個單邊背包背帶掉落的樣子也可愛、那個穿著運動鞋的纖細腳踝也好可愛、那個好心情的微笑臉龐，更是比什麼都耀眼，到了無法正視的地步。

「嗯？高須同學怎麼了？我們難得出來旅行耶！說話啊！」

「喔、喔！」

咚！実乃梨在竜兒肩膀上拍了一下，於是從茫然模式轉為發抖模式——隔這麼久沒見，心中的緊張更是倍增。

至於身旁的大河——

「唉呀！逢坂，我們也好久不見了！應該是從結業式以來吧？」

「啊、咿、唔……」

同樣遭遇到北村的微笑攻擊，全身僵硬呆立原地。不知她是在宣誓「我可不是平常的我」或者只是單純地害羞不安，大河的手指不停玩弄辮子，連聲招呼都說不出口，眼睛只是可疑地轉動，嘴巴不斷開闔——我看她是想不出要說什麼吧。

「話說回來，川嶋還沒到嗎？」

竜兒雖然不打算解救陷入窘況的大河，還是打破沉默，開口詢問北村。

「人還沒來、也沒收到簡訊，不過也還沒到約定的時間……」

「這樣啊……嗯，這樣的話……大家集合！」

実乃梨揮手要大河、竜兒與北村到鏡子前面集合。「什麼？我才不幹！」竜兒與大河打算抗議的聲音也被実乃梨一句「好啦好啦好啦好啦」壓過，只能硬生生吞下肚。於是——

川嶋亞美晚了幾分鐘才在收票口現身。

「咦？大家到哪去了？嗯……？咦！」

她微微挪開擋住大半小臉的太陽眼鏡，呆呆張開有如花瓣的美麗雙唇，無言以對。

「……喲，川嶋！」

「亞美，遲到兩分鐘囉！」

「亞美！早安！」

「先聲明我可不是心甘情願這麼做，是小実叫我做的……」

竜兒、北村、実乃梨、大河依照身高排成一列，由最前頭開始依序伸出手臂，移動、變換高度。由亞美的角度來看，就像竜兒的身體長出八隻手臂。

至於亞美作何反應呢？

「……哪裡呢？大家上哪去了呢？」

「喂，川嶋！」

「亞美，我們在這裡！」

「亞美要去哪裡啊？」

「蠢蛋吉娃娃別想逃！」

「哪裡呢？大家在哪裡呢？」

亞美裝做不認識他們，加快腳步離開現場。四個人一面舞動雙臂一面跟著她。

至於事後実乃梨的感想是：才練了五分鐘，這個千手觀音真是太棒啦！

2

搭乘特快車到亞美家別墅大約要花一個半小時。

雖說現在是暑假，或許是距離中元節還有一段時間，就連開放座位都只坐滿一半。

五個人占據前後兩個三人座的位置，並將其中一排轉了１８０度與另外一排面對面，團體座位就此完成。

亞美第一個把超高級名牌波士頓包不在乎地擺到行李架上。

「唉呀～～！大家好久不見了～～！過得好嗎？啊～～我好想念実乃梨喔～～！」

只有暑假才能這麼做吧？她的柔順長髮因為稍微染色變得更美了。撥撥頭髮，思念的情緒讓她眼角泛淚，同時對実乃梨露出天使笑容。「剛剛明明企圖逃跑的，還真敢說！」——完全無視実乃梨的吐槽。

「祐作真是一點都沒變～～！嘿～！眼鏡仔！哈哈哈～～！」

亞美用甜美的聲音對青梅竹馬北村隨便說了些沒重點的話，再配上一些應付的笑容。接下來是——

「高須同學耶～～！」

轉身作勢要撲進竜兒的胸口，一臉微笑，有如天真無邪的小嬰兒一樣鼓著臉頰。竜兒不禁退後一步，臉上帶著嬰兒笑容的亞美跟著前進一步。

「真討厭～～！對了對了！暑假過得怎樣？你都不給人家電話跟伊媚兒～～真討厭～～！人家好無聊喔～～！」

「妳好像沒給我妳的電話號碼和E-MAIL吧……」

「咦？是嗎——？呵呵！說到這個，大家都很期待這趟旅行吧……？對吧？很期待吧？」

亞美完全不聽別人說話，逕自壓低聲音，雙眼看著竜兒——在她的眼瞳深處可看見雄雄燃燒的邪惡火焰。一瞬間還悄悄將自己冰冷的手指貼上竜兒的手腕，帶有幾分給你一點殺必死的味道。

亞美修長到教人嫉妒的手腳包裹在簡單的背心與丹寧褲中，八頭身的好身材今天也一如往常極度引人注目。「總覺得那個女生在哪看過？」、「就是那個模特兒吧？」兩個大學生模樣的女孩子輕聲低語。亞美注意到兩人，滿意地微笑點頭。

「啊，糟糕——！人家今天洗完臉只擦了防曬乳，現在可是沒化妝呢！討厭啦，人家的皮膚不夠漂亮……真糟糕……」

雙手捧著光滑細緻的牛奶色臉頰，裝出傷腦筋的樣子將眉毛撇成八字形。沒化妝、只是素顏就這麼漂亮……四面八方投來羨慕的視線，亞美沐浴在眾人的目光裡。

「可是只不過是趟旅行嘛？一般來說不、需、要、化、妝～！」

嚇！致命的一擊。車廂裡所有頂著濃妝的無辜女性全數遇害。亞美的美貌如同剛吸收祭品鮮血的伯爵夫人，變得更加光彩奪目。讓人聯想到吉娃娃的大眼睛閃閃發光，牛奶色加上薔薇色，充滿威脅性的素顏小臉，簡直有如天使一樣可愛。渾身散發的光芒彷彿正在宣示：「亞、美、美、可、是、美、女！醜八怪統統閃開！看看妳們有多麼幸福！可以和天選之子亞美呼吸相同的空氣！哈哈！我允許妳們跪下膜拜！」看樣子亞美今天的狀態絕佳。

最後還要加上——

「啊，對了，高須同學～逢坂同學還沒來耶，是不是該打個電話給她比較好呢～？不過沒來也沒差，人家完全無所謂～」

完全無視近在眼前的大河，一面貼近磨蹭竜兒，一面對竜兒投以擔心的視線。此時電車正好「喀噹！」動了一下。

「喂！賤女人坐下！」

「啊！」

亞美一屁股跌回靠窗的座位，大河迎頭給她一個戳眼攻擊，狠狠刺進亞美的雙眼——差不多到了第一指節吧？

「痛……痛死人了啦！」

「我想說妳的眼睛派不上用場，那我就幫妳戳瞎。我在這裡！」

「……嘿～因為妳太小了，人家看不見嘛……」

「看吧，果然沒用。」

讓我再插一次，這次要把整隻手指頭戳進去——正當大河的小手比出不吉利的V字——

「夠了夠了，今天就看在我実乃梨的眼皮上，到此為止！」

実乃梨擋住大河的手，用手壓了一下自己可愛的內雙眼皮，故意弄出有如外國人的雙眼皮。哇！恐怖到就連竜兒都要不禁轉開視線，可是大河卻毫不猶豫——

「小実也別弄出怪模樣，快點坐下。小心會跌倒喔！」

——拉住実乃梨坐在亞美旁邊，接著若無其事抓住站在走道上的竜兒，將他拋到実乃梨身旁，自己則坐在亞美對面。這就是大河的協助嗎？竜兒心中不禁有點感動。北村理所當然坐在実乃梨對面，也就是大河旁邊……大河拚命將身子靠向窗邊，刻意不去在意北村的存在，僵著一張臉看向亞美。

「總覺得有股強烈的壓迫感……雖然不高卻好像厚牆一樣……」

亞美滿心不悅地別過頭。

「我就是這麼小，怎麼會有壓迫感呢？」

大河用力踏地，繼續盯著亞美的臉——

「啊，蠢蛋吉！」

這是蠢蛋吉娃娃的簡稱，也是大河個人專屬用來稱呼亞美的暱稱。

「妳該不會是在叫我吧？」

「黑眼圈好嚴重喔！」

「咦……」

大河伸出手指向亞美的眼眶，指出她身體的缺陷。実乃梨也開始凝視亞美的臉……

「咦——亞美的美麗肌膚上怎麼會有黑眼圈……唉呀呀……」

実乃梨深深一鞠躬——請節哀順變。不不不，多謝您的親切——不曉得為什麼會是北村鞠躬回禮。這麼說來的確如此，在竜兒的眼裡，亞美總是保持完美的薔薇色肌膚，眼睛下方稍微帶了點青色。不過這並無損她的美麗，還是遠比一般人美多了。

「怎麼回事……還有細紋喔！睡眠不足嗎？」

「等、等一下，怎麼連高須同學都盯著人家，說什麼黑眼圈、細紋的。我的臉上怎麼可能會有……喔喔——！」

亞美拿出香奈兒手鏡，仔細端詳自己的美貌——只聽到大驚小怪的哀嚎。然後「喀唧！」一聲，手鏡從手中落下。

顫抖的指尖輕輕撫摸眼眶，誇張到連聲音都在顫抖：

「啊啊、怎麼這樣……我不相信……最近的確比較忙，非常忙……啊啊——討厭，這下怎麼辦……還是死了算了……」

亞美用手壓住眉間、閉上眼睛，一副真的大受打擊的模樣。実乃梨摟著她的肩膀搖晃，似乎打算替她打氣：

「亞美，振作一點！到底發生什麼事了？」

「從放暑假開始，我就一直待在爸媽家裡，在那裡專心工作。好不容易總算告一段落，昨天晚上原本打算搭最後一班電車回來，可是差了一點錯過末班車，只好改搭今天一早第一班車。所以只睡不到三個小時……唉……」

唉呀呀，真可憐！実乃梨與北村的視線充滿同情。竜兒的腦中也覺得同情，可是眼神看似正在散發殺氣或怒氣。至於大河則是忍不住伸手打算摸摸亞美的黑眼圈，徹底惹惱她。

「原來如此，亞美真是辛苦呢！那麼今天開始好不容易才能放個小暑假囉？」

聽到実乃梨體貼的話語，亞美說聲：「是啊！」

「嗯嗯嗯……既然是難得的旅行，那就讓亞美玩個痛快吧！你們聽好了，打者可不能隨便亂打，還得串連整個打線才行。所以說，從男子軍團開始，來講些能夠撫慰亞美疲勞的有趣話題，看看能不能擊出全壘打吧！嘿！」

說雖如此，在場的男子軍團成員也不過只有兩名。其中一名成員，也就是坐在実乃梨對面的北村先開口：

「打線啊……那麼我們就以共通主題舉辦辯論大賽吧！亞美，妳覺得什麼題目比較好？今年職棒季賽的走向？甲子園的未來？還有針對明年的升學考試，務必請妳說一下對於大學錄取率百分之百時代的看法？」

揮棒落空。接著輪到竜兒上場：

「別問那種問題啦……我們先來吃早餐吧！我有帶飯糰喔。」

「騙人，真的嗎？太棒了！好開心喔！」

実乃梨從座位上跳起來拍手，在実乃梨身旁不斷與大河進行攻防戰的亞美也是眼睛閃閃發光：「飯糰？太好了，真感動！我從早上到現在都沒吃沒喝呢！」就連北村也跟著歡呼，高興到眼鏡都掉下來了。或許可以說是第一次上場打擊就擊出安打吧。

竜兒手腳俐落地打開裝在行李裡的布包，一人發下兩個飯糰。大河為了不要靠近北村，幾乎是趴在亞美與実乃梨的膝上——「喂！」「Ｗｏｗ！這是胸部的觸感！」向竜兒伸手索取飯糰。大河雙手拿著飯糰，滿足地回座。

実乃梨大口一咬開心說道：

「哇啊！超好吃耶！這是高須同學做的嗎？飯糰飯糰超好吃！裡面有梅子——超梅的（註：日文中的「好吃」與「梅」同音）！沒想到這麼鹹的梅子也可以打出全壘打！」

実乃梨「啪噠啪噠」踢著坐在對面的北村的腳。「嗯，這真是好吃。」高興的北村也不理會，放著任她踢。

「在電車上吃著簡單的飯糰，真是太棒了～！不愧是高須同學……要不要嫁給我？」

亞美的大眼睛閃閃發光，嘴裡說出喚起竜兒惡夢記憶的話語——

「不要。」

馬上拒絕。現在沒有閒功夫去面對嘴邊沾著海苔的吉娃娃誘惑。「嘖！」的一聲，亞美帶著冰冷的眼神轉過臉。竜兒看著她的側臉，乾脆地擺出若無其事的模樣。

「話說回來，大家暑假裡做了什麼？」

竜兒打算以快樂的談話擊出全壘打……當然不是，這只是之前和大河套好的伏筆。

「人家一直在工作！」

啊——累死了、累死了！開口的人是亞美。接下來是口中嚼個不停的——

「社團、打工、社團、社團、打工打工打工、社團、社團、社團、打工。」

打工打太凶的人是実乃梨。北村跟著點頭說道：

「我也幾乎都在忙社團和學生會。去年曾祖父過世時還有時間回鄉下參加喪禮……」

竜兒以眼神為暗號——再來是大河，上吧！大河微微點頭表示知道。

「我都在把CD裡的靈異聲音轉成MP3喔！小実，妳聽聽看這個！」

大河緩緩自背包裡取出準備就緒的白色耳機，放入実乃梨的兩邊耳裡。從耳機流洩出的巨大音量可以聽到隨身聽正在播放那個超有名的「前輩……♪」謎樣聲音。就在此刻「噗！」実乃梨嘴裡噴出某個東西，有如子彈一樣直接命中坐在她前方的北村額頭。遭到攻擊的北村按著額頭呻吟一聲低下臉，一顆籽落在他的雙腿之間——実乃梨從嘴裡噴出酸梅籽。

「對……對不起！北村同學！我說……大河！」

実乃梨向北村道歉、拔掉耳機、臭罵大河、臉頰馬上變得紅通通，聲音也變了。

「抱歉——」

大河邊說邊聳肩。

「什麼抱歉？剛剛那是什麼？就是那個吧？就是死掉的學妹從黃泉國度發出的呼喚……慘了、慘了、慘了、慘了！這下該怎麼辦，她在呼喚我！我也會被她拖去黃泉國度！搞不好學妹的怨念已經跑出來了！」

「好了好了，櫛枝冷靜一點……先處理這顆酸梅籽吧！」

「喔，櫛枝SEED DESTINY（註：模仿動畫《機動戰士鋼彈SEED DESTINY》）。」

北村把掉在雙腿之間的酸梅籽遞還給実乃梨，一邊對大河露出誠懇的笑容：

「逢坂，妳喜歡恐怖的東西嗎？」

「呃！這……問我……喜歡……還是討厭……應該、算、喜歡、吧……？」

「咦，真是意外。」

北村突如其來的極近距離笑臉攻擊，讓大河吞吞吐吐不知該如何回答——忸忸怩怩地用指甲拿下沾在指尖的飯粒。実乃梨換個位子坐到亞美腿上，面對大河抓住她的肩膀搖晃：

「怎麼會！我還是第一次聽說！妳不是沒興趣嗎？」

実乃梨拚命想要取得大河的否認，顧不得自己還在公共場合就滿臉通紅地大吵大鬧。也不管即使屁股下面的亞美發出痛苦呻吟：「好重……」

看到実乃梨的樣子，大河與竜兒交換眼神，互相點頭。看來実乃梨真的很害怕。

沒錯——大河針對這趟旅行所想到的作戰計畫就是這個——題目是「解救驚慌失措的小実之騎士登場大作戰」。

『小実最怕恐怖、靈異、超自然現象這一類東西。剛進學校的自我介紹她就曾經說過，光是在路上看到恐怖電影的看板，她就會全身起雞皮疙瘩，我想她說的是真的。』……這就是大河在須藤吧說的情報。

於是在這趟旅行裡，竜兒與大河兩人決定要同心協力一起裝鬼，把実乃梨嚇得半死，然後最後由竜兒從恐怖的絕望中現身──『沒關係，不論發生什麼，都有我保護妳！』──靈異現象就此完全停止，実乃梨因此心蕩神馳：『高須同學，你真的保護了我……高須同學是只屬於実乃梨的大魔神……』只要演出這種偶像劇般的內容，就算再怎麼百般不願意，兩人的距離還是能夠順利縮短──這就是他們的計畫。

「這個我沒收！」不清楚這個詭計的実乃梨，將大河的ｉＰｏｄ收進自己的口袋。

「大河真是的……總之不准再提恐怖的話題！也不准聽奇怪的東西！話說回來，我們應該多聊些美好的正統話題來炒熱氣氛，撫慰亞美的疲憊！譬如說，妳喜歡什麼口味的飯糰？或是小孩子、拉麵、動物之類的才對！」

「啊──對了對了，說到恐怖的是，人家上個星期……」

亞美突然開口，還從身後緊緊抱住像小孩子一樣坐在自己腿上的実乃梨。実乃梨連忙搖頭大叫：

「不不不不不不不要！夠了！亞美！那種事情不提也罷！不要！」

「嗯──我要說的不是恐怖故事，而是笑話、笑話啦！」

亞美微微一笑，以甜美的聲音在実乃梨的耳邊輕訴。

……這是上個星期，為了拍攝雜誌要用的照片前往某攝影棚發生的事情。

我打算補妝所以回到休息室。那個攝影棚的化妝室非常小，化妝室裡雖然有洗手台，可是感覺很老舊，水管也都裸露在外面，燈光昏暗，鏡子還缺了一角。我不是很喜歡那裡，可是我又不能選攝影棚。

就在這時候，化妝師要我先進化妝室把妝卸掉。沒辦法的我只好一個人進去，結果裡面……竟是一片血海——

洗手台、鏡子、腳下、到處都是血，鮮紅色的血……滿是血腥味，幾乎可以確定……那的確是血、是人血……

「明明就很恐怖……」

実乃梨雙手掩面，渾身無力。也不知道是真是假，她還翻白了眼，從亞美腿上滑到地上。亞美緊緊抱住実乃梨的身子將她拉起：

「討厭啦～對不起、對不起！」

亞美爽朗地開懷大笑，然後像是在哄小寶寶睡覺一樣，用腳搖晃実乃梨：

「不是啦，後面還有、還有！哈哈哈，結果那個是工作人員的鼻血！那天的攝影師是個難相處的老頭，只要有什麼不爽的事就會亂甩底片箱。結果那天有個工作人員的臉直接被底片箱砸到，鼻子彎了九十度，真的超蠢的～～！」
哈哈哈哈哈！搖晃的特急列車裡只有亞美一個人的笑聲輕快回響。沉默的竜兒心想：這個結局也沒好到哪裡去。不過——

「原、原來是這麼一回事啊……什麼嘛，太好了……」

仍被亞美緊緊抱著的実乃梨抬起頭，擦了擦滲出額頭的興奮汗水。

「我還以為是樓上發生殘忍的凶殺案，凶手把分屍的屍塊沖進水管裡，結果半路卡住，造成樓下水管破裂，從洗臉台的排水孔噴出屍塊之類……就像糾結在一起的頭髮、好像叉燒的肉片，還有大臼齒滾來滾去……哇啊！好恐怖！」

実乃梨的汗水再度奔流而下。這次連亞美也噤不出聲，把実乃梨的身體若無其事放到旁邊座位。微妙的靜默襲擊在場所有人。

実乃梨的想像力似乎比亞美的故事還要來的詭異噁心——是我們多心吧？可是実乃梨停不下來，無意義地扭動雙臂繼續說道：

「而且、而且眼球還飛出來了！如果撞到眼睛該怎麼辦……？喂，大河，如果被分屍的人是我們怎麼辦？喂，亞美，怎麼辦？討厭啦，最終下場就是沖進排水溝裡嗎——！」

我才不想要這種死法——実乃梨用腳夾住扭轉的雙臂大叫。竜兒凝視著眼前的実乃梨，眼神中閃著鋒利光芒。當然不是在想「下次我就這樣處理屍體吧」，只是在想：

該怎麼形容這種人？自爆型膽小鬼嗎？自己在腦袋裡任意幻想各種恐怖的場面，然後把自己弄得越來越害怕。總之，多虧有亞美計畫之外、出乎意料的協助，讓実乃梨嚇破膽的計畫得以順利展開。

就在這時候，突然——

「哦——」

北村叫了起來。

窗外顯得更加耀眼。靠窗的亞美、大河與竜兒、実乃梨，全都抬起頭。大家的臉色一齊恢復正常，眼睛閃耀平日的光芒。

「唔……哇——喔！出現了、出現了！好——美！」

就在他們五人搭乘的特快車窗外，青銀色的太平洋水平線正沐浴在盛夏的太陽下，閃閃發出光芒。

盛夏的藍天底下，藍得發光的八月景色在眼前無邊無際延展，教人目眩神迷。

＊＊＊

「超·讚·的————————！」

超讚——讚——讚——実乃梨的聲音響徹雲霄。

一行人來到別墅所在的車站下車，在山路上走了大約二十分鐘——

穿過散著白沙的林蔭步道，視野瞬間豁然開朗，眾人看到了那個——

「害你們要用走的，真是對不起～」

亞美轉過頭說道。只有大河皺眉回答「是該對不起！」，至於大叫的実乃梨、北村、竜兒三人已經說不出話來，只能睜大雙眼，如同膽小的小動物不由自主聚集在一塊，以膽怯僵硬的眼神看著眼前的景象。

濱海別墅，之前是這麼聽說沒錯……可是沒想到竟然這麼大。

「……真、真的是有錢人……這種說法可能有點沒品，不過現在的我的確能夠體會，亞美的家大概有我家的三倍大……」

北村勉強發出聲音，一邊「唉呀」搖頭。

「祐作真是的——到底在說什麼傻話啊？這很普通啊！普、通！」

意思是說我們都在普通以下囉？不過現在不是鬧彆扭的時候。

從森林裡延伸而出的步道連接石階，走下石階之後，盡頭就是——大海！

耀眼的白色沙灘，還有深藍色透明海洋——盛夏天空的強烈光線下，海浪不停翻滾，濺起星點浪花，到處都是閃亮光芒。一直延伸到遠處海平面的風景有如一幅畫，要不是濕潤皮

膚的海風裡混雜海潮氣息，還有靜靜拍打岸邊的海浪聲，大家恐怕會以為這是在作夢。
海邊沒有任何人，只有透明的海浪閃耀美麗的波紋拍打岩石聳立的海灣——難道整個海邊都是川嶋家的私有地？
樂園一般的海邊……反覆的海浪聲、風聲、夏日氣息、陽光，還有……豪宅。
朝海灘突出的圓木陽台另一側，連接有如歐洲小旅館的時尚白色石造玄關。這棟別墅到底有多大？巧妙隱藏在防沙林裡的建築物若隱若現，不過光是看得見的部分就已經夠驚人的了。不但有日本少見的石砌牆壁，海灘上的文殊蘭讓房子四處顯得一片綠，深粉紅色花朵盛開……房子的窗戶更是一般住家的兩倍高。
実乃梨踏上一階石階：
「我、我、我……我們要住在這裡嗎！」
她用力轉頭，貼近亞美抓住她。背包因為她的動作擦過竜兒與北村的鼻尖，讓兩個男人只能趕緊躲開。
「唉呀、実乃梨真是的，我們當然要住這裡啊！這不是理所當然的嗎！」
「呀啊——！哇哇哇！超棒的！這真是棒過頭了！感動到不行！從來沒想過自己能夠睡在這種地方！快快快、我們快走！亞美、大河！還有男子軍團！」
「哈哈哈，妳太誇張了啦～」

看到実乃梨興奮的模樣，亞美當然也很高興。実乃梨以幾乎是滾下去的速度奔下石階，身後的亞美也利用長腿優勢，兩階併做一階追上。

「唉呀唉呀！女子軍團，這樣很危險喔！小心滾下去！」

北村也追在兩個女生後頭步下石階。

「妳一定會跌倒，別太著急了。」

「咦？我幾時跌倒過了？」

走在後面的大河也打算加速追上其他人，可是領子被同樣走在後面的竜兒揪住。這個傢伙不只是笨，看樣子最近還患了健忘症。

「給我慢慢走。沙子會滑，好好注意腳邊。」

竜兒抓住不爽的大河手臂，正準備一起踏出腳步時——

「少隨便碰我！你這個性變態！」

「性、性……！」

「性犯罪者！你在胡思亂想什麼啊，色鬼！」

大河趁著竜兒不知所措時粗魯地把手抽回來，順便毫不留情捶了竜兒的背。

「喔！」

竜兒踩空兩階，好不容易在快掉下去的時候站穩腳步。大河一副了不起的模樣站在他身後，惡狠狠瞇起目光炯炯的眼睛，望著下方的竜兒：

「你走前面。萬一我摔下去可以用身體擋住我，這種時候我准許你碰我的身體。」

桀傲不遜的大河說完之後就轉過頭去。嚇出一身冷汗的竜兒只能呆立原地：

「妳真是不像話到教我無言……我到現在還是心驚膽顫……」

「無言？你現在不就說了嗎？真是個多話的傢伙……拉鍊！」

「什麼？」

「嘴巴的拉鍊！拉上！」

這個傢伙就是愛耍嘴皮子。

注意到兩人某些意義上的親熱模樣，実乃梨回過頭：

「啊——大河和高須同學好熱啊、好熱啊……啊啊啊啊——！」

她伸出手指嘲弄兩人，一不小心在最後一階漂亮滑倒。啪沙！臉貼在地上，在沙灘上烙下一個大字型。

「燙燙燙——！」

「実、実乃梨，不要緊吧？」

亞美急忙上前。

「沒——事！不過是臉有點擦傷，還有被沙子的高溫燙到罷了！」

実乃梨微笑比出V字手勢，一個前滾翻起身，隨意把沙灘上的人形痕跡踢散，大喊：

「電車通行！」再度朝別墅的木造陽台衝去。

另一方面——

「唔……沙子跑進海灘鞋了……」

總算走下石階的大河，剛才那股氣勢不知道跑哪去了，只見她提心吊膽，海灘鞋一陷進沙子裡就停下腳步，開始抖腳或是單腳跳躍，怎麼樣也靜不下來。

「既然這麼在意，就不用在沙灘上走路了。」

雖然走在前頭的竜兒這麼說，大河的眉頭仍舊深鎖，還不停抱怨沙子燙腳，怎麼樣也不肯跨出第二步。真是任性的傢伙，隨便妳啦！就在竜兒不耐煩之際——

「逢坂怎麼了？沒問題吧？我幫妳拿東西。」

「啊……」

北村颯爽現身！乾脆地從大河手上接過藤編包包，輕鬆拿著兩個行李的手臂上無預警露出醒目的肌肉線條——

「腳痛嗎？的確走了不少路呢……我沒注意到真是對不起。」

北村擔心地看著大河的臉，那對帶有漂亮雙眼皮的眼睛裡充滿慈愛。

「嗯、嗯！沒關係！」

「是嗎？那我們走吧！」

北村站在左右搖頭的大河面前，但他沒有自顧自走開，而是好好看著大河的樣子，一邊保持緩慢的步調前進。

大河當然是滿臉通紅，全身上下幾乎都在顫抖，臉上表情看不出是笑還是難受。緊咬齒根的臉頰出現酒窩，背脊像木板一樣僵硬，然後開始同手同腳……不過至少有好好走路。

竜兒不禁仔細思考自己不受歡迎的原因。自己既不會像北村那樣溫柔地對待女孩子，身材也不像他那麼好。拿同一件事來說，這樣的男孩子如果遇到剛才的実乃梨，也會接過実乃梨的行李，對她開口：「臉燙傷了嗎？妳摔倒時我沒能幫妳，真對不起。」……事實上自己能做的，只有看著摔倒的她笑著起身跑開。

就是這樣才成不了事、才沒有進展——就在竜兒不知不覺進入憂鬱模式時——

「今年還沒有人來過這裡，所以大家如果不先打掃一下的話，灰塵可是很恐怖喔！」

「什麼！」

亞美把行李擺在木造陽台上後轉頭如此說道。她的話讓竜兒驚訝地抬起頭來：

「打……打掃？」

平常就很危險的三角眼中，滾滾燃起耀眼欲滴的慾望之火——打掃？放把火燒掉不就得了？燃燒吧、燃燒吧、統統燒掉！他當然不會這樣想，因為竜兒最喜歡打掃了。他真的、真的超級喜歡打掃。

譬如說積滿灰塵的地板，一擦下去立刻變黑的抹布他最喜歡了。長時間棄置不用而長出茂密黑色黴菌的水槽，噴上黴菌專用清潔劑後，隔一陣子再去看，會看到什麼呢？這個瞬間也是竜兒的最愛。

將牙刷伸進骯髒的排水孔裡，一口氣拉出卡在裡面的髒東西，更是教竜兒喜歡到發抖；打掃完長出紅色麴菌的浴缸之後，確認乾不乾淨而伸手觸摸，那個瞬間也叫他難耐；發現瓷磚縫隙長出黑色黴菌的瞬間，雖然嘴裡抱怨「搞什麼啊！」卻掩飾不了嘴角的愉快笑容。

經過一番整頓而煥然一新的生活空間，竜兒最、最、最喜歡了——乾淨到不論別人命令他去舔任何地方，都能夠毫不猶豫遵命。保持乾淨，備齊順手的工具，讓家事、打掃做起來容易——竜兒打心底最愛的事就是計劃性的清潔打掃。問他為什麼，他也說不出原因。既然世上有喜歡動畫的人、有喜歡電動的人、有喜歡音樂的人、有人為了藝人激動，那麼也有人活著就是喜歡打掃。

順便提到竜兒的祕密嗜好，就是翻閱國外的室內裝潢雜誌。如果手頭寬裕，總有一天要按照顏色收集整套的室內裝潢織品與亞麻布。想要親手觸碰絕佳品味的欲望，平常總是仰賴前往大河居住的高級大樓做家事得到安撫。可是現在——

「不得了……這可是個大工程……」

竜兒不禁像少女一樣合掌，陶醉地仰望別墅——我竟然有打掃豪宅的一天……

不愧是鬥敗犬法醫．夕月玲子的別墅！絲毫沒有暴發戶的感覺，只看得見完美的品味。裡頭八成也是既奢侈又高級吧？一想到有一大堆灰塵在那裡等待自己，竜兒便立刻將行李擺在木造陽台上，「啊！」嘆口氣：

「好啊……要打掃我隨時奉陪……」

保持低調一頭熱的竜兒如此低語，從背包裡拿出隨身攜帶的專用抹布和高須棒（模仿在部分愛好者之間相當知名的掃除小道具「松居棒」，用免洗筷與棉花製作）。

這樣一來就算準備好了。川嶋，開門吧！讓我進去！竜兒轉頭——

「不行不行！亞美，有這麼美麗的大海當前，我們怎麼可以去打掃呢！」

什麼——心愛的実乃梨口中說出叫人難以置信的發言。実乃梨輕鬆跳過木造陽台的柵欄，來到海灘之後大叫：

「呀呼——！大海大海大海！大——海——！」

実乃梨邊跑邊踢開運動鞋、脫下襪子丟到一邊，直接跑向浪邊。海浪打上來也滿不在乎，任由海水淹沒她的腳踝。

「呀——好冰！哈哈哈！海浪好冰！我可不會認輸！」

在盛夏的強烈光線照射下，粼粼閃耀的水花中，実乃梨踢著層層打來的波浪，一邊微笑一邊揮手：「大家快來呀！」看到那種景象，亞美也迅速脫下海灘鞋、捲起丹寧褲說道：

「看起來好舒服！我也要去！」

「打掃的事待會再說！」

北村也光著腳跑走了。「呀——！」「好冰啊——！」只聽見開心無比的喧鬧聲。

「喂喂喂！應該要先打掃吧？」

異端分子竜兒的聲音隨著海風飄散。搞什麼？轉頭看到身邊還有一隻對大海沒興趣的旱鴨子留在陽台上。對了，還有這傢伙！

「喔，大河！沒錯，還有妳！喂喂，比起大海，妳不想先來打掃嗎？有了！我們兩個先打掃，順便演練之前說好的計畫——」

可是當竜兒想靠近大河而踏出第一步時，大河卻像看到髒東西一樣連忙躲開：

「不要！不要過來！你的眼睛，看起來根本就是個變態！」

「咦……」

「噁心。」

大河瞇起的眼中滿是輕蔑。「哼！」冷淡地轉頭，完全無視竜兒的存在，跟著脫下小小的海灘鞋，跑向浪邊那些人。

「喔，來了來了！大河，過來這邊！這邊好多魚喔——！」

「咦？哪裡？我要看！唔，好冰！」
「習慣就好了，沒關係！」
大河撩起裙擺，露出雪白的小腿，戰戰兢兢走入浪花裡，緊緊抓住実乃梨的手臂。只有自己一個人被拋下，竜兒顯得孤單無比。大家都在笑……看起來好像很開心。
竜兒無法拋開想要打掃的欲望，所以才會一個人留在這裡。這也怪不得別人，可是他又不想破壞難得的氣氛……竜兒頻頻回頭看向別墅，勉強自己走下陽台，來到浪花不停拍打的岸邊。正當他帶著有點遺憾的心情脫下鞋子時——
「唔哇——噗！」
「耶——！」
有人對著他的臉潑灑冰冷的海水。舔舔嘴唇，感覺到一陣難以忍受的鹹味，鼻子很痛，海水還跑進眼睛。一旁哈哈大笑的人是亞美。
「來嘛、來嘛！高須同學，陪我玩吧！」
「玩……噗！妳這傢伙！」
「呵呵呵，快點快點～～！」
嘴上雖然邀竜兒一起玩，雪白的手卻毫不留情地將海水潑向衣衫整齊的竜兒身上。笑容有如天使，邀約的聲音有如微風……

「看招看招看招～～！」

水花精確瞄準竜兒的眼睛與鼻子，手法既壞心又惡毒。

「可惡……來真的嗎？」

「呀啊──！」

既然這樣，我也用不著客氣了。竜兒毫不留情地加倍奉還，只見亞美邊笑邊往後退，企圖逃走。盛夏的陽光照得水花閃閃發光……不知幾時，海浪已經打濕竜兒的短褲，耀眼的太陽火辣辣地烘烤皮膚。

「討厭──好冰、好冰喔！」

笑著逃開的亞美毫不在乎地將丹寧褲褲管捲到膝蓋，露出整個小腿。姑且不論個性如何，就視覺上看來，眼前的場景簡直就像是碳酸飲料或是運動飲料的廣告畫面──互相潑水、開懷大笑，讓人感覺這就是夏天，打掃的欲望也隨之一掃而空。高掛藍天的大片卷積雲，也為這幅夏日景象更添色彩。

等到竜兒回過神來，才發現自己也在開懷大笑，認真地追著亞美奔跑，早就分不出身上是汗水還是海水……

「人家就說好冰了！高須同學真是壞心～～！」

然而──

「是嗎是嗎，很冰嗎？有那麼冰嗎？」

「啊！討厭！嗯……啊！」

「海蟑螂有那麼冰啊？」

「唔……啊啊啊啊啊啊啊啊啊啊啊啊！」

在竜兒身後，亞美的對手不知幾時已經變成大河。大河朝亞美拋出的物體，就是密密麻麻附著在附近岩石上的海蟑螂。亞美的白色上衣瞬間黏滿海蟑螂。

「妳他媽混蛋小不點搞什麼鬼！」

臉上浮現可怕表情的亞美發飆了，馬上收集海蟑螂扔回去，朝大河展開反擊。

「少囉唆！蠢蛋吉娃娃給我吃海蟑螂！」

「臭小不點！海蟑螂跟妳最配了！」

世界最難看的爭執，就在盛夏海邊的風景中展開。就連竜兒都害怕地準備逃跑，此時有勇氣介入雙方爭執的人就是——

「喂喂喂！難得能夠出來旅行，為什麼要吵架！」

正義的班長，北村祐作是也。可是擋在兩人中間的北村衣服上，也逐漸黏滿兩人耍脾氣而互丟的大量海蟑螂。

「哇啊！這個……妳們竟然敢摸啊？我有點……不、不行了、幫、幫我拿掉……亞美！

幫我拿掉！」

「不要！祐作好噁心！別過來、走開！」

「什麼！那逢坂……妳來幫我拿掉！」

「唔……對、對不起……」

「為什麼？幫我拿掉啦！妳們剛剛不是還用手抓嗎！」

話是這麼說沒錯，可是被一個全身黏滿海蟑螂的男子追在後面苦苦哀求，那副場面實在太噁心了——這麼說雖然過意不去，不過就連竜兒也無法正視北村那副模樣。因為連眼鏡上也掛著好幾隻海蟑螂……

戰況最後演變成大喊「幫我弄掉！」的海蟑螂眼鏡男，追趕不停尖叫的女子兩人組在浪邊奔跑——只有在逃跑的時候，這兩個人才會意氣相投。

然後——

「哈哈哈，她們好蠢喔！竟然徒手抓海蟑螂！」

「喔、喔！」

帶著耀眼笑容的実乃梨，不知何時來到竜兒身旁。她看著不停衝刺的三人大笑：

「算了，我也是敢抓海參的女人。」

「真厲害！」

実乃梨雙手抓住海參給竜兒看，竜兒不知不覺往後退。

「有海參就代表這片海域很乾淨喔。因為海參會清理大海，而且又很好吃。」

実乃梨心情很好，非常好。她將兩手的海參無意義地「CROSSBONE!」疊在一起之後，就把海參拋回海裡去。

「哈哈哈——滿手都是腥味！」

実乃梨聞一聞手上的味道，笑得更加開懷。竜兒面對她那天真無邪的開朗天性，也忍不住笑了。

「我說櫛枝……」

「什麼？」

怎麼能夠忘記這趟旅行的目的？就是要趁這種時候，一點一滴從能夠做得到的事開始做起才行。

「漂流在那邊的那個，看起來像不像人頭？」

「……！」

手指前方是漂流在海上的海帶芽——不過依照看的角度不同，也可以把它當成漂流海上的人頭……既然對方是実乃梨，應該會擅自在腦中生出各式各樣的幻想而害怕才對！不出所料，実乃梨一看到那個東西，全身立刻冒出雞皮疙瘩。

「咕……啊——！屍體……屍體！也就是說海水裡都是腐爛屍體的屍水……唔嘔！」

実乃梨翻身想要逃開，一不小心失去平衡，一把抓住竜兒的手臂，全身重量靠在他身上。手指的觸感……比想像還要熾熱的手掌——

「還——還好吧？」

竜兒差點就要停止呼吸，僵硬與顫抖從後頸部開始，隨著脊髓一路麻到屁股。這個感覺實在是有點……不，是非常好。

「一點都不好！我們正待在屍水裡啊啊啊！」

相對於興奮的竜兒，身旁的実乃梨漲紅一張臉，看來真的相當害怕。剛才明明還笑得那麼陽光……竜兒對於自己的興奮心情感到有些罪惡。

「呃……對不起，都怪我亂說話……那個應該只是海帶芽。」

竜兒忍不住安撫身邊的她。

「呀——！也就是說，那是海帶芽的屍體啊啊啊！」

実乃梨從原本打算起身的半蹲姿勢，再度翻身跌倒在濕漉漉的沙灘上。照妳這麼說，超市裡不就全都是動物、魚類，還有其他生物的屍體嗎……？竜兒雖然這麼想，嘴上還是打算說幾句安慰她的話，可是実乃梨不給他機會，早已全速逃向木造陽台。只見站在一旁的亞美帶著幾分呆然望向這邊……

計畫才剛開始而已，看樣子実乃梨已經完全中計了。

3

「高須，亞美有腳踏車，我們利用現在去買東西吧。趁著女孩子們在打掃的時候，我們兩個一起——」

「嗯？」

抬起頭的竜兒臉上表情，讓北村端正的眼鏡臉瞬間僵住。

竜兒的右手拿著高須棒、左手拿著MY PET（註：日本花王所推出的居家清潔劑）、腰上掛著乾抹布、一旁是水桶與濕抹布……竜兒手戴專用橡膠手套，正以完美的姿態趴在地上，專注清理進口系統廚具的流理台下方——要達到乾淨得能用舌頭舔的高須標準才行。

為了回答北村問題的竜兒起身脫下橡膠手套。

「什麼？你剛剛說什麼？」

「啊，沒……沒事。你打掃得還真仔細啊……」

「是啊，我可是很有幹勁。」

呼～～竜兒坐在地板上，乍看之下散發危險光芒、布滿血絲的眼睛再度環顧四周。猙獰地舔了一下嘴唇——其實只是嘴唇乾而已。

這個別墅比想像中的還要棒。兩層樓的建築，一樓是個輕輕鬆鬆超過十坪，附有暖爐的客廳；客廳旁邊是可以一覽海灘景色的飯廳，還有一個吧檯；另一頭的廚房裡還有張餐桌，這裡也有三坪以上；二樓則是五間臥室；兩層樓都設有廁所及浴室。

「川嶋說過這裡是5LDK……了不起，總覺得我家比客廳還要小。」

「亞美住在我家附近時的房子就已經比這裡大了，現在在市中心的大樓聽說更是大上好幾倍……搞不懂，不過她……該怎麼說，算是上流名媛吧！」

「上流名媛啊……」

兩個男人像歐巴桑一樣手支著臉，不自覺地出聲感慨，仰望挑高的天花板。如同外國電視劇中出現的房子，兩人頭頂也有支吊扇正在轉動。這裡真的是另一個世界……為什麼要有那個吊扇呢？這點讓竜兒與北村怎麼想也想不透。正當兩人發呆嘆氣時——

「祐作——鑰匙拿去！決定好了嗎？要和高須同學去採購嗎？」

上流名媛從門口探出臉來。什麼採購？只有竜兒還在情況外。

「不了，高須看樣子正在專心打掃，我還是一個人去吧。」

「咦——？不可能啦，車上沒有籃子、也不是速克達，東西沒辦法放在腳下、又沒有繩子可以把東西綁在行李架上，一定要有人負責拿東西才行。」

「那妳要跟我一起去嗎？」

「我不在的話，就沒有人知道這個別墅的狀況了。」

原來如此……竜兒根據他們的對話，了解現在狀況，於是便舉手提議：

「你帶大河去吧！反正那傢伙也不會打掃，待在這裡也派不上用場。喂——大河！」

「幹嘛叫那麼大聲？」

「喔！」

嚇了一跳，沒想到大河就在附近。

不曉得她是在打掃地板、還是單純坐在地上、或是注意到北村在這裡所以跟過來，不知為何整個人趴在地上，從亞美的腿間伸出頭來。

「妳在搞什麼！別從奇怪的地方鑽出來啦！」

大河沒把亞美的叫聲當一回事，好像從門簾探頭詢問「還有營業嗎？」的熟客一般，用手撥開亞美的膝蓋。她沒看向北村，只是呆呆望著竜兒。

「北村正在找人和他去買東西，我想妳可以和他一起去。」

竜兒說話的同時，北村在眼前晃了晃亞美剛剛拿來的鑰匙：

「是啊，要去嗎？剛才我們下來的那段山路，如果騎腳踏車奔馳應該很舒服吧。」

「……！」

大河因吃了一驚而渾身僵硬，嘴巴噘成小三角形，圓圓的臉頰染上一抹桃紅，眼睛瞇成一條縫向上吊——這是大河驚愕、緊張與高興時的獨特表情。沒錯、沒錯！竜兒獨自一人點頭。妳就和北村兩人共乘一輛腳踏車，來個海濱兜風之旅吧……這個場景，妳鐵定作夢也想不到吧？我真的個好幫手——說來說去我還是不知不覺幫了大河。不過既然情況順水推舟發展成這樣，那也是沒辦法——

「我、我不去。」

「妳說什麼？」

竜兒還沉醉在自己的善行之中，下一秒便一臉猙獰轉頭——他不是在生氣，只是驚訝罷了。難得別人熱心幫助、難得有這種機會，她竟然把它毀了。

不懂竜兒心思的大河臉頰貼著亞美的膝蓋，模樣有如貧窮人家的姊姊忸忸怩怩躲起來，從樹蔭底下偷窺想進入巨人隊的弟弟以及有些妄想症的父親（註：出自日本棒球漫畫《巨人之星》）一般。

「我怕坐腳踏車……不去。」

「等等……」

接著大河開始無意識地搓揉亞美的屁屁，不耐煩的亞美轉身閃到一邊去，大河只好忸忸怩怩沿著牆壁起身。

「我想小実應該會去，我去叫小実。」

「小実——！」大河邊叫邊往走廊走去。

她不只毀掉自己的機會，還打算毀掉我與実乃梨聊天的可能性嗎？怎麼可以這樣！竜兒迅速起身追上大河，抓住她的手臂把她拉回來。

「妳給我等等！為什麼？」

竜兒為了不讓廚房裡的北村等人聽到，壓低音量小聲責問。

「……囉唆！」

「唔！」

大河對準竜兒胸口就是一記犀利的肘擊。竜兒無法出聲，只能用手撐住膝蓋。大河看著竜兒，輕蔑的眼神猶如在萬年冰最底層發現的冰凍劍齒虎一樣，絕對零度——

「我有我的想法。我不像你，行動可是有計畫且合乎邏輯的。」

「明、明明只是因為害羞，我早就看透了……喔噗！」

「……蚊子喲，有蚊子。」

「啪！」竜兒的嘴巴挨了一掌。至於蚊子是否存在，當然無法繼續深究。

「採購？我要去、我要去！」実乃梨爽快丟下紙拖把，與北村兩人騎著腳踏車往站前的超市出發，嘴裡還一邊嚷著：「一起化成風吧！」

送走他們兩人，大河在木造陽台延伸出去的玄關上小聲說道：

「聽好了——從現在起到小実回來的這段時間，我們來找尋能夠執行計畫的地點。譬如屋頂閣樓、或是從室外爬到小実房間窗戶的地方，我們要一一確認這棟別墅裡有哪些地方能夠躲人、哪些地方能夠嚇小実……你是狗，這種事情你應該很拿手。」

竜兒假裝沒聽見最後那句話，點了點頭：

「原來如此，OK。可是如果被川嶋發現就麻煩了。話說回來，川嶋上哪去了？」

等他注意到時，亞美已經不見蹤影。環顧四周也沒發現她的行蹤。大河「哼！」了一聲，聳聳肩說：

「誰知道，反正被她發現再說吧。想辦法巧妙騙過就是了。」

大河又說了一句「快動手！」伸手推了竜兒一把。還說是什麼有計畫、合乎邏輯的行動，後面這番話怎麼聽都不像。不過的確如她所言，除這個方法外別無它法了。在大河的催促下，兩人回到別墅：

「你負責查看二樓。從樓梯開始算起，依序是北村同學的房間、你的房間、我的房間、小実的房間、蠢蛋吉的房間——剛剛蠢蛋吉說的，說完就把床單搬到房間去了。」

「收到。那妳負責一樓吧。一樓有蟑螂，小心一點。」

「呃……」

表情微妙的大河僵在原地，竜兒留下大河前往二樓。沒問題，大河一定能夠戰勝蟑螂。

踏上松木地板，竜兒再度為寬敞的走廊，以及南邊一整排臥室房門而感嘆。感覺得到這棟別墅要比不入流的度假小屋或小旅館還要講究。

大河家也好，亞美家也罷，沒想到這個世上的有錢人真不少……竜兒忍不住想起自己住的那間小巧公寓，同時壓低腳步聲往実乃梨的房間前進——他打算悄悄進入，確認能不能從外頭搆到窗戶……如果有時間，他還打算爬上閣樓看看。

大河與竜兒的驚嚇実乃梨計畫可說是相當正統。他們也覺得実乃梨很可憐，可是如果不趁今明兩天一股作氣好好嚇她，就無法達到明天晚上騎士登場的效果了。沒辦法，所有的一切都是為了避免自己變成狗、對大河下跪、大河生小狗的未來發生。或許我這麼做太過自私，不過單戀原本就是自私的。原本就是自以為是的妄想，加上合乎自我利益的誤解所組成的綜合體……可是為什麼腦袋這麼想，還是無法消除內心那股罪惡感呢？

現在竟然還準備進入對方的房間，真是太變態了——連竜兒自己都這麼認為，不過実乃梨還沒打開行李，我也沒打算要碰她的東西，只是進去一下子而已……竜兒心中不斷為自己的行為辯護，同時邁向走廊。

「……咦？這裡是哪裡？」

樓梯旁邊有兩扇沒見過的門與南側的臥室相對。竜兒輕輕打開其中一扇瞧個究竟——什麼啊！他聳聳肩。這間廁所還沒進去檢查過，等一下再來打掃，覺悟吧！竜兒指著馬桶——暫時放你一馬！

那麼這邊應該是浴室囉？竜兒打開門窺探門內——

「嗯？搞什麼……？」

電燈大放光明，照亮整個洗衣間兼脫衣室。雖說電費不是竜兒付的，但是他天生就是不喜歡無謂的浪費。想關燈又不知道開關在哪裡……在裡面那扇半開的玻璃拉門後頭嗎？竜兒往裡面走去，到處尋找開關。裡頭有洗手台和浴簾拉上的浴缸。電燈開關就在玻璃拉門旁邊的牆上。

瞬間發現：水蒸氣好像有點多？這個想法飛進竜兒腦袋裡，不過應該沒這回事吧。下意識忽視那股奇怪的感覺，關掉電燈開關。就在下一秒——

「呀啊——！」

「喔，抱歉！嗯？」

女孩子的尖叫聲。竜兒反射動作立刻打開電燈開關，不解地偏著頭。剛剛的聲音……

「真是的——高須同學嗎？怎麼可以在女孩子淋浴時跑進來呢？」

浴簾的另一頭——

傳出關上水龍頭的聲音，以及水滴滴落的聲音。

水蒸氣瀰漫。

說話的人，是亞美。

唔！

「對對對對、對、對不起！我沒注意……啊——！」

「嗯‧呼‧呼……♡」

一條雪白的手臂從拉上的浴簾另一頭伸出來。竜兒拚命轉開視線打算離開，濕淋淋的手臂卻不知為何緊緊抓住竜兒的手，用力將竜兒拉過去。竜兒的腳踏在滑溜的瓷磚地板上…

「妳、妳、妳、到底想……？」

「高須同學——」

亞美尖銳甜美有如小貓的聲音，在狹窄的浴室裡迴響。

「原來高須同學膽子挺大的嘛～你是想要，所以才來的吧？」

「不是！我不是故意的！只是一時沒注意！」

「又來了……沒必要找藉口啊？因為這裡不會有任何人看到……只有我們兩人……」

「妳瘋啦！」

從拉上的浴簾裡傳來含糊不清的笑聲。亞美根本就是惡魔！她緊緊抓住竜兒……甜美到讓人融化的低語，猶如停止竜兒行動的咒語繼續在浴室裡徘徊：

「你不開心嗎……？現在我可以幫你保守祕密喔……不告訴祐作、不告訴愛吃醋的老虎……不告訴実、乃、梨……」

「哇啊！」

浴簾開始搖晃。透過薄薄的浴簾，可看到亞美緩緩起身的身影。

等一下！等一下！幾近要死不活的竜兒莫名其妙地以單手遮住眼睛。

「妳到底在想什麼！」

「我沒關係喔……如果高須同學想要……」

「我不想要、不想要！」

「真的？高須同學，你是說真的嗎？真的不想要……？」

「要什麼啊！」

「——這個啊！」

呀————————！

「……啊？」

竜兒別開臉努力不看一口氣拉開的浴簾後頭，無聲地大叫並且坐倒在地。亞美看著倒在地上的竜兒：

「噗呼——！」

惡魔的臉頰大大鼓起——

「啊哈哈哈哈哈哈哈哈哈哈哈哈哈哈哈哈！」

機關槍一般的笑聲，無情地朝著站不起來而坐倒在地的蠢蛋掃射。

「什……什、什？」

亞美站在滿是泡泡的浴缸裡，邊扭動身體邊發出邪惡的笑聲。她笑到連眼淚都快流出來，一副開心的雀躍模樣，手指著沒出息的竜兒：

「真——是——的！高——須——同——學！你到底在期待什麼？你的表情……啊哈哈哈哈！好怪喔——！真是太棒了——！啊哈哈哈哈！」

亞美身上穿著T恤搭配丹寧褲，手上拿著海綿，開心地拍打牆壁。

「妳……在、在幹嘛……？」

「打・掃・浴・室♡我是說，如果最愛打掃的高須同學想要，讓你打掃也沒關係喔♡」

「啊，竜兒！二樓情況如何？我找到上閣樓的梯子了……怎麼了？」

竜兒因為一連串的衝擊、不甘與羞愧，已經快要不醒人事，只能飛快逃離浴室奔下樓梯，在樓梯間抓住大河，拚命想以肢體語言告訴她剛剛發生的事……往上吊的狂亂三角眼加上眼裡快要落淚的紅色血絲……幸好對方是大河，要不然他早就被逮捕、起訴、定罪。

「咦？嗯嗯……蠢蛋吉她這麼做？看起來像？讓你以為她正在淋浴？耍了我……耍了竜兒？讓你看她的裸體，裝成要誘惑你的樣子？」

怎麼會傳達得這麼順利，就連竜兒自己也覺得不可思議。他抓住耳垂大力點頭，表示「就是那樣」。

「最後情況如何？小実的房間確實勘查過了嗎？」

竜兒用力搖頭。

「你這個沒用的傢伙！」

間不容髮的怒罵聲，讓本來就處於虛弱狀態的竜兒可憐兮兮地往牆邊退。他下意識伸手拿出放在屁股口袋裡的手機……現在這時間打電話回家的話，泰子不在，小鸚或許會和我說話也說不定……

「現在不是求救的時候吧？你真是個沒用的東西！竟然這麼簡單就被蠢蛋吉玩弄在手掌心！真是受夠了，好，我知道了。我現在就去看看，順便唸唸那個蠢蛋吉一句！」

有可能只唸一句嗎？雖然值得懷疑，可是無論如何，此刻的竜兒只想依賴大河。沒錯！幫我好好唸她幾句！一句也好、兩句也行、唸唸也好、詛咒也罷，幫我好好說說那個惡魔！你說我沒出息？說吧說吧，盡量說吧——竜兒的男性自尊與純情早已被毫不留情地摧毀了。

大河帶著犀利的眼神爬上樓梯，大聲怒吼：「喂、蠢蛋吉——！」這聽在待在一樓的竜兒耳中是多麼可靠啊！

「喀啦！」傳來拉開拉門的聲音……慘叫聲……發生爭執……突然沉默下來——

叫人難堪的沉默持續了好一陣子。到底發生什麼事了？連竜兒也不禁感到在意。

「……真、真不敢相信、這是怎麼回事、怎麼會有妳這種人……」

亞美一邊口中唸唸有詞，一邊下樓。跟剛才不同，現在的她滿頭大汗，幾乎是以撞開的氣勢推開站在樓梯間的竜兒，濕淋淋的頭髮還傳來甜美的香氣——

……濕淋淋的頭髮？

大河跟在後頭。

「怎——怎麼回事？」

大河不曉得為何全身都濕了，臉上還印著一個鮮明的紅色手印，眼睛就像差點被車輾過的貓一樣圓睜。她只說了一句話：

「蠢蛋吉，真的在洗澡……」

說完之後——

「不用妳多話！」

亞美恨恨回頭。兩人之間到底發生什麼事？害怕的竜兒不敢多問，他只知道一件事——

大河變成鬥雞眼了。

「大、大河……？振作點！妳看到什麼了？」

「竜兒，你聽我說……蠢蛋吉啊，啵喲！的……」

大河的右手在右胸前攤開。

「啵喲！的……」

左手在左胸前攤開。最後大河的雙手在下半身附近交叉，一口氣攤開——

「……啵喲喲！……的喲。」

亞美幾乎是以飛躍的姿勢一個劍步跑過來：

「就叫妳閉嘴了！」

一個手刀就往大河頭上招呼。如果是平常的掌中老虎，怎麼可能讓她這樣為所欲為，可是現在的大河還沒清醒，搖搖晃晃拿起電話台上的紙條和鉛筆。

「竜兒，就是這樣……蠢蛋吉啊，她的這裡這樣……想不到會是這樣……這裡啊，啵！」

「不准亂畫人家的裸體！」

差勁的筆法莫名寫實，亞美把大河的畫搶走，立刻撕成碎片。

之後大約花了三十分鐘的時間，大河才恢復正常。

＊＊＊

過了將近一個小時，外頭傳來腳踏車的煞車聲，又過了一陣子——

「我們回來了！喂——！高須同學——！」

正在擦拭餐具的忠狗竜兒抬起頭——那個聲音，実乃梨剛才的確在叫我！

竜兒的拖鞋在長廊上發出聲音，朝著玄關走去——

「抱歉抱歉，可以幫忙拿東西嗎？」

「哇！你們會不會買太多了？」

「會嗎？今天的晚餐、明天的三餐、後天的早餐各五人份，除此之外還有烏龍茶以及調味料等等……」

「可不能剩下來喔！」

「那就把它們全部吃完啊！嘿咻、嘿咻！」

実乃梨把四個裝滿食材的超大購物袋拖到木造陽台，再一路拉到玄關……「鏗鏘！」袋子底下傳來東西碎裂的聲音，竜兒連忙從実乃梨手中搶過袋子⋯

「別用拖的！真是，北村在幹嘛？」

「他去停腳踏車了。真是抱歉，這個我來拿吧。大河和亞美呢？」

「川嶋因為電視收訊不良，正在打電話詢問家裡。大河……大概在廁所吧。這些全都拿到廚房對吧？」

喔！実乃梨點點頭——怎麼有股甜蜜又害羞的新婚氣氛？嘿嘿……竜兒為了掩飾自己的傻笑，走在前面把沉重的購物袋拿到廚房。什麼也不做、只是盡情享受甜蜜的氣氛可不行！沒問題，我可沒忘記自己的目的。

一切已經準備就緒了——大河來別墅又不是為了偷窺亞美洗澡。確認天花板上隱約發出的吱嘎聲響——好！竜兒悄悄測量距離……應該是在這附近吧？

「啊，先把買回來的東西擺在那邊吧。我還要區分一下要不要冰。」

「好——！」

搶在実乃梨踏進廚房之前，竜兒若無其事叫住她。於是実乃梨便蹲在走廊上搜索袋子裡的東西——

「這個嘛……高湯應該是常溫吧？咖哩塊……也是常溫。至於洋蔥，你是哪邊呢？」

竜兒也跪在実乃梨面前，裝成在查看袋子裡的東西，眼睛一不小心就離不開低著頭的実乃梨的滑順臉頰。竜兒發現閃耀光澤的髮絲因為曬太陽而稍微變紅，也注意到薄薄的上唇稍微噘起，真的好可愛啊——不行、現在不是想這些事情的時候！

竜兒的喉嚨因為緊張而覺得口渴，很自然的咳了一下：

「櫛、櫛枝，這個要冰嗎？妳看一下上面有沒有寫？」

「嗯——？什麼東西？我看看喔。這個的話……」

竜兒把番茄罐頭（這種東西怎麼可能要冰！）遞給実乃梨，実乃梨開始閱讀上面的小字。閃閃發光的圓眼睛瞇得小小正在努力辨認——

「咿……！」

冷不防驚叫出聲。

「嗯？怎麼了？」

竜兒假裝驚訝抬起頭來，若無其事開口發問。

「呀、呀呀呀呀呀呀呀呀、呀……」

実乃梨變成稻川淳二（註：擅長講鬼故事、製造恐怖氣氛的日本藝人）了！睜大眼睛，表情僵硬，不斷來回看著自己的背後和竜兒的臉。

「呀呀呀呀呀，剛、剛才……那是什麼東西？我的背後有什麼東西？咦……？咦？唔喔喔……什麼東西啊！」

実乃梨似乎在找尋什麼，眼睛咕嚕咕嚕探望四周，看來完全無法放心，還把瀏海抓得亂七八糟，接著大概想要再次確認，眼睛看向竜兒的臉。

「妳多心了吧？什麼也沒有啊？」

「……」

「怎麼了？」

「不……沒……什麼……大概是……我弄錯了。對……對、沒錯、沒錯、是我弄錯了！」

実乃梨繃著一張臉，像是在說給自己聽，然後伸手拍了拍自己的臉頰，視線再度回到罐頭上面。

在她的背後。

再來一次——打算再重複一次剛才的事。

竜兒當然看得一清二楚——天花板的板子稍微挪開一部分，用線綁起剛從海邊撿來的新鮮海帶芽，正從黑暗縫隙垂下，朝実乃梨的脖子接近。整團海帶芽正朝著実乃梨毫無防備的連帽上衣領口前進，直到黏滑柔軟的海帶芽碰到実乃梨的脖子為止……不用說，這種原始構造的動力正是來自閣樓裡的大河。附帶一提，大河好像把這個海帶芽命名為「漂流型假幽靈・蠢蛋吉一號」……真想叫她別取這種怪名字。

「……！」

驚！実乃梨的表情整個僵住，緩緩地、緩緩地轉頭看向身後——可是蠢蛋吉一號早已被大河不著痕跡地快速回收，消失地無影無蹤。

「到底怎麼了，櫛枝？」

竜兒心裡一邊說著「對不起」，一邊佯裝毫不知情，以疑惑的眼神看向実乃梨。啊唔啊唔……実乃梨說不出話來，伸手指著背後，眼神不知所措。

「剛、剛才、的確、絕對、有東西碰到我……好像有點、黏答答、還是、滑溜溜、說不上來……就好像……海帶芽之類……」

因為那就是海帶芽……

「……很像海帶芽的死人頭髮……被海帶芽絞殺的動物靈……海瀨？被海帶芽捲住的海瀨？海瀨的屍體？皮囊塞滿干貝屍體的海瀨？」

竜兒嘆口氣，又來了……不愧是実乃梨，可以把有點噁心的東西放大變成現實，這種能力真是無人能敵。最後嚇到門牙打顫、喀喀作響……

「濕、濕濕的……被碰到的地方濕濕的！這個味道是……」

她伸手摸了一下脖子後面的海帶芽黏液聞一聞。

「呀——！果然有海帶芽的味道——！」

答對了……

「喂、喂！」

「是海瀨的屍體！這是海帶芽的詛咒啊——！」

実乃梨好像摸到什麼髒東西，將手伸得大老遠，一鼓作氣奔出走廊。能夠被這種程度的把戲嚇成這樣，竜兒不禁在心裡為她的反應佩服得五體投地，滿懷感慨目送她的背影。

過了一會兒——

「總覺得有點過意不去……」

確認腳步聲已經遠去，大河將天花板的板子挪開，從洞裡探出雪白的臉蛋，被灰塵弄得噴噓連連。她高高在上俯視竜兒：

「你啊，做這種事可是會下地獄的。」

聽來像是來路不明的算命仙說的話。

「動手的人明明是妳！」

「主謀可是你。把蠢蛋吉一號收起來吧。從這裡跳下去應該沒問題吧？」

「真是粗魯……別亂來，太危險了。」

大河說完「行啦、行啦！」便將天花板再挪開一點，縮回腦袋，轉身把腳尖從天花板裡伸下來：

「還要拿梯子爬下來太麻煩了。」

「喂，等等……真的要這樣下來？可別摔倒囉？」

「才不會，我哪有那麼笨。」

這下子摔定了——這就是一定會摔下來的模式。

竜兒堅信大河一定會摔下來，在大河正下方張開手臂，讓她下來時能夠有個支撐。大河沒穿鞋的腳在空中搖晃，估算著地距離，然後下半身從天花板縫隙緩緩移動時——

「唔……」

竜兒還沒機會詢問剛剛的聲音是怎麼回事，大河已經一口氣滑下幾十公分。竜兒連忙在千鈞一髮之際抱住她的腳，阻止她繼續往下掉。

「唔、唔、唔……這下糟了……我手滑了！」

危急的大河趕緊用手撐住天花板，呈現只靠手臂支撐全身重量的狀態。腳下拚命掙扎、晃個不停……聲音也聽得出她很著急……

「上、上不去、也下不來……」

「看吧，我不是說過了？我接住妳，妳放手！」

「不、不要！」

「為什麼！」

「內褲會被你看到啦！大色狗！這種時候還想偷看人家的內褲！真是可怕的傢伙！」

「妳才可怕！我連內褲的『內』字都沒想過！」

難得竜兒好心想要幫大河，大河卻胡亂揮舞雙腳，企圖把竜兒踢開——光腳一踢，正好命中竜兒的臉。竜兒心想，乾脆直接把她拉下來吧——

「是啊——！真的出現海帶芽幽靈了！」

「海帶芽的幽靈～～？那是什麼？」

「也可能是石立鐵男（註：拍攝許多推理・懸疑劇的日本演員）的幽靈喔！」

「咦～～？誰啊？実乃梨的親戚？」

「要不然就是海瀨靈！」

「海瀨禮～～？聽起來滿可愛的～～！」

刷——！竜兒的臉色瞬間鐵青，上揚的三角眼劃出驚人的角度——他不是想用海帶芽綁住兩名少女，只是著急到心臟快從嘴裡跳出來。

「哇啊！慘了、慘了、慘了慘了慘了……！」

走近的人當然是実乃梨與亞美。聽見她們的聲音，大河更是激動地踢腳，看樣子她決定躲回天花板。大河亂踢的腳不斷踩在竜兒臉上，竜兒連忙以雙手撐住大河的腳，打算一鼓作氣把大河推回天花板——

「快點……啊！」

慌張的大河弄掉手電筒，不偏不倚剛好打中竜兒的鼻子。正當竜兒痛到坐在地上的瞬間，大河的身子縮進天花板「啪！」天花板又恢復原狀。

「妳說哪裡有什麼鐵男的幽靈啊？只有高須同學坐在那裡……話說回來，高須同學在那裡做什麼……？」

「咦？奇怪了……高須同學，你怎麼了？」

「沒、沒、沒什……」

沒什麼。就在他轉頭望向兩人時——

「咦咦咦咦咦咦咦——！」

実乃梨與亞美的口中同時發出異於常人的慘叫聲。到底怎麼了？竜兒若無其事地捂住依然很痛的鼻子。

「喔……！」

濕濕黏黏的！溫熱的黏液讓竜兒也嚇了一跳。這才發現捂住鼻子的手上一片鮮紅，鼻血痛快地流下。果然遭到報應……其實正確說來，應該是遭到大河的手電筒攻擊。竜兒顧不得找藉口，一語不發趕緊跑到廚房清洗。

「高須同學怎麼突然變成這樣！海帶芽幽靈幹的嗎？」

擔心的実乃梨偏著頭發問。竜兒沒辦法回答她的問題——因為鼻血拚命流，只好捏住鼻子仰頭向上。有點受不了的亞美看著竜兒的臉：
「總之先把面紙拿去吧！不過～這到底是怎麼一回事啊？啊，該不會是剛剛的『那個』太刺激了？」
「呼呼♡」對於不會看情況的亞美發言，竜兒完全當做沒聽見。
「不是，是我挖鼻孔太用力了。」
「你是小學生嗎！」
竜兒的話似乎傷了亞美的自尊，而亞美的吐槽也直接命中竜兒的羞恥心。竜兒避開実乃梨的視線，縮著身體將面紙悄悄塞進鼻孔，開始討厭自己……我真是糟糕……爛透了……
「喂，發生什麼事，怎麼大家都聚在這裡？」
這時傳來北村爽朗的聲音——
「沒有啦，因為高須同學被海帶芽搞得鼻血……你、你怎麼搞的——！」
聽到実乃梨突如其來的尖叫聲，亞美與竜兒回頭看向北村，跟著啞然失聲。
「啊哈哈！」
「不，現在不是笑的時候吧？」
「我正要把腳踏車收進倉庫裡，哪知那裡有點窄，碰到一旁的重機械……就變成這樣。」
微笑的北村全身上下都是濃稠的黑油、眼鏡變成太陽眼鏡、臉頰和手肘上的擦傷還微微滲出血絲……竜兒的鼻血完全被他比下去。

「真不敢相信！祐作沒事吧？」

亞美從竜兒手中搶過面紙，塞給災情更慘重的北村——

「……大家在吵什麼？怎麼回事？」

大河直到最後才現身，她看到泡在油裡的北村，與鼻子塞住的竜兒，驚訝地皺起眉頭。

「——哈啾！」

大河打了一個豪爽的噴嚏。

「這真是……真是真是真是真是……大河也很不得了啊，妳又怎麼了？」

「咦？啊、就是稍微……哈啾！打掃……哈啾！一下，灰塵超多，我有點鼻子過敏……哈啾！唔哇……哈啾！……哈啊……」

「擤——」大河難看地擤鼻子、搓揉發紅的眼睛……她的頭髮、衣服、手和腳，全身上下都是一團一團的灰塵——大概是因為弄掉手電筒，害得她必須在閣樓裡來回爬行尋找出路的關係吧。她只要稍微一動，灰塵就會在她四周飛舞；一打噴嚏，灰塵更是滿天飛散，猶如少女漫畫中的場面，只是花朵全部換成灰塵。

「……你們有問題！你們、全都、有問題啦！」

看到北村把面紙遞給鼻水流不停的大河，亞美從旁丟出這句話。放心，妳也有問題——

不過現在似乎不是說這句話的好時機。

＊＊＊

抵達別墅之後便在海邊玩鬧、大掃除、外出買東西、製作蠢蛋吉一號、使用蠢蛋吉一號進行作戰，每個人都忙個不停，結果大家都還沒吃午餐，時間就到了下午四點——

「夕陽真美……」

竜兒一個人站在刷洗得晶瑩剔透的廚房裡，勉強自己看向窗外，似乎是要逃避眼前的現實。是啊，鼻血已經完全停住，帶著海潮氣息的T恤也已換下。或許是自己多心，總覺得從敞開窗戶吹進來的涼爽海風讓人心情愉悅。啊……這裡真是個好地方！

照進窗裡的陽光開始緩緩傾斜，可以一眼望盡的水平線閃耀美麗的橘色。外面傳來海浪聲與風聲，偶爾還會混有海鳥的叫聲。

竜兒居住的地方雖稱不上大都市，但是人口也不算少，跟這裡真有天壤之別。在這裡似乎能夠邀喜歡的女孩子一起去散步、傾聽海浪的聲音、在海灘上漫步，順便暢談未來的展望。呀——！耳邊傳來女孩子的尖叫聲，把竜兒喚回現實世界——

「放開我！臭小鬼！」

「不放！我才不吃辣！我不要那個口味的咖哩塊！」

「吵死了！既然這麼任性，採購的時候妳怎麼不去？我就是要這個口味！我喜歡辣的！拿去！高須同學！PASS、PASS！」

「……」

亞美把咖哩塊扔了過來。我也不能倖免嗎？這個想法才進入竜兒腦袋的下一秒——

「喔……！」

竜兒的臉瞬間扭曲變形——大河奮力一跳，整個人掛在竜兒的手臂上，沒穿鞋的腳像螃蟹一樣夾住竜兒的腳往上爬，使出有如雜耍的特技。

「我——不——要——！」

「痛……好痛！」

大河像猴子一樣晃來晃去。竜兒覺得自己的手臂正在不停抖動，似乎快要脫臼了。

「搞什麼！妳在幹嘛？為什麼爬到我身上！」

「竜兒不用咖哩塊也可以做出超好吃的咖哩，對吧？就是你前陣子做的那個啊！麵粉炒一炒之後加入香料，你是那樣做的吧？今天晚餐也那樣做嘛！人家不要這種咖哩塊！」

少任性了！亞美沒等竜兒開口回應，逕自打算把大河從竜兒身上抓下來。

「用咖哩塊最方便，而且也很好吃！」

「竜兒做的咖哩絕──對比較好吃！」

耳朵被兩人的叫聲轟炸、手臂遭到兩人用力扯動、身體任憑兩人搖晃──竜兒投降了。

他一手抓下大河，另一手推開亞美。

「我懂了！我懂了！大河，我沒把珍藏的香料組合帶來這裡，所以沒辦法做出平常煮的那種味道。」

「什麼──！」

亞美冷笑說道：「哼哼，看吧！」

「不過……嗯，既然妳不吃辣，我就另外用小鍋子煮妳吃的份，幫妳做個加了很多牛奶和番茄醬的甜味咖哩。」

「嗯──」

大河還是繃著一張臉，不過至少不再抗議。可是接下來換成亞美──

「你太縱容她了吧！」

鼓著臉、皺著眉、瞇起眼睛的亞美像小孩子一樣手叉在腰上：

「高須同學，你又對逢坂特別好了！這樣子會被女孩子討厭喔！」

到此為止的亞美都是平常那副假惺惺的做作模樣，畢竟假裝生氣也是她的強項……可是亞美不經意地動動嘴唇，以單邊臉頰發出冷笑，眼睛深處湧出一肚子壞水，以低到連大河也聽不見的音量說：

「——搞不好也會被実乃梨討厭喔！」

「什……！」

她說什麼？竜兒不禁渾身僵硬。亞美又在氣息能夠直擊耳朵的距離，彷彿唱歌一般繼續說道：

「啊，這樣果然有反應……嗯……」

亞美嘲弄的視線上下掃視竜兒。然後嘴角隱約露出微笑：

「高須同學如果繼續這種態度，我就把那件事告訴実乃梨……告訴她，高須同學偷窺人家洗澡……」

「妳那時候哪有在洗澡！」

「呵呵……現在也死無對證囉？」

亞美撥撥頭髮，離開竜兒的身邊。雪白容貌加上帶有魔力的笑容，外表雖美，可是就是哪裡不對勁，應該是滿肚子壞水散發的氣息吧。另一方面，竜兒也說不出話來——她為什麼突然、她該不會發現我對実乃梨的心意吧？

兩人之間瀰漫微妙的壓迫感，大河的身子擠進兩個人中間。

「小実怎麼了？」

感到奇怪的大河來回觀看竜兒與亞美的臉。「沒什麼～～」亞美露出不變的天使笑容，竜兒只是屏息不語。還有另一個人——

「誰叫我？有人叫我嗎？」

這次換成実乃梨擠進大河與亞美中間——她到底什麼時候冒出來的？天真爛漫的笑臉、無邪閃耀的眼睛……実乃梨以溫柔的眼神看著好朋友。看來她應該沒聽見亞美剛才的發言。

竜兒舔了舔乾燥的嘴唇：

「咦？小実好一點了嗎？」

「嗯。我在床上躺了一下，身體就好多了，想說到廚房來幫忙。嘿嘿嘿，也想看看傳說中的高須神拳！聽說高須同學可以在十秒之內把一顆洋蔥切成洋蔥末？」

啊，竜兒忍不住要跪倒在実乃梨的笑容面前。実乃梨被竜兒和大河的蠢蛋吉一號嚇得身體不舒服而休息，現在卻出現在眾人聚集的廚房裡，對主謀者、凶手，還有蠢蛋吉一號的原型，露出比任何人都可愛的笑容。

「十秒可能沒辦法……」

竜兒努力轉開快被過度耀眼的光芒閃瞎的雙眼，又不想辜負実乃梨的期待，以單手靈巧拿起三顆洋蔥：

「如果有十五秒的話——」

說的十分肯定。

「喔！這可是你說的、你說的喲！那就讓我來瞧瞧你的本領！我也來幫忙吧？今天晚餐就由高須同學負責吧？」

竜兒的鼻子不禁湧出一股水氣——這不是還沒切開的洋蔥造成的。「我也來幫忙」就是這句話！基本上只要有人說出這句話，都很叫人開心，不過能夠聽到這世上最想聽到她說出這句話的人開口，竜兒忍不住轉過頭——

「……嗯？那個眼神是怎樣？」

竜兒直盯大河。不過她當然不打算幫忙，一屁股坐在椅子上，手指玩弄擺在餐桌上的優格，好像很想吃掉……啊，被亞美搶走了。與実乃梨不同的方向，竜兒最想聽她說「我也來幫忙」……不過還是算了，算了吧。

「那、既然櫛枝要幫忙……可以幫忙削馬鈴薯的皮嗎？」

「ＯＫ！有削皮刀嗎？要削幾個？」

実乃梨把手伸進袋子裡，纖纖細指從袋中抓出兩個小馬鈴薯。就在此時——

「啊——好清爽！」

——突然響起光腳走向廚房的腳步聲。

「喔，已經開始準備晚餐了嗎？煮菜的話，我可是完全幫不上忙喔！不過還是可以端端盤子，有需要就叫我吧！」

「咚！」北村在竜兒肩膀上拍了一下。他為了要洗去黑油而先去沖澡，現在滿身都是肥皂香與爽快感——

「唔、喂！你這副模樣……」

「唉呀，好熱、好熱……啊！糟糕，真是抱歉，有女孩子在場啊！」

「……？」

聽到北村的聲音，大河轉過頭一看——手上的優格掉落在地、椅子往後倒、後腦勺正中牆壁、整個人摔在地上，臉色像服下劇毒一樣一陣青、一陣紅、一陣白。她靠在牆壁找尋躲藏處，最後只能躲入剛才還在吵架的亞美身後。亞美還沒發現，不耐地扭動身軀……

「喂，妳幹嘛突然……啥？」

她注意到了。一直眨眼還以為自己是不是看錯，盯著自己的青梅竹馬好一會兒，總算開口說出……

「祐作——你瘋了嗎！」

竜兒也很贊成亞美的話。可是北村嘿嘿笑了幾聲，毫無愧疚地抓抓濕淋淋的腦袋……

「要換的衣服放在房間裡忘了拿，現在正準備去拿。」

「那幹嘛先過來！」

「唉呀、我看到高須了嘛！」

「你是笨蛋嗎！」

哈哈哈，沒想到妳們也在這裡……班長兼學生會副會長兼壘球社社長的少年大笑想要掩飾什麼……不，他根本無法掩飾。只用一條毛巾遮住下半身天生的猥褻東西，以充滿野性的姿態大剌剌站在那裡。在同為男人的竜兒眼裡，北村經過運動鍛鍊的身體，真是結實到令人羨慕……現在似乎不是說這種話的時候，北村此刻的裸露程度比起游泳池畔的泳褲打扮，更是有過之而無不及。可想而知，背後應該可以看到整個屁股吧。

「大、大河，振作點！」

「呼……」

大河直接目擊那個蠢蛋的背部，此刻已經瀕臨崩潰邊緣。雙眼完全失去光芒，雙手抱膝面對牆壁正坐。看樣子她看到了——共享資源狀態的屁股。竜兒心想，大河跟別人的裸體還真是有緣。

「你是暴露狂嗎？真是下流——」

亞美表現出只有青梅竹馬才有的氣定神閒，冷眼看向北村的裸體。

「呵呵呵……櫛枝並不討厭以暴露狂為對手……」

実乃梨低聲自言自語，抬起原本低下的臉：

「你這個自戀水仙（註：NARKISSOS，希臘神話裡戀上自己的倒影，最後變成水仙的自戀狂）之後！有種就給我全裸！」

実乃梨以蝗蟲之姿往旁邊一跳，順勢倒地以街舞的地板動作接近幾乎全裸的北村。

「妳幹嘛？別過來、別過來！」

「事到如今沒什麼好說的！誰叫你要穿成這個樣子！啥？你有什麼資格叫我走開，做作男？啊？入境隨俗！進了天體營就給我脫光光！就讓我用相機好好拍一拍！」

実乃梨從口袋拿出手機，熱情地用照相手機的鏡頭對準北村。也不知道是不是真的要拍，她一下子要他張開腿，一下子要他把屁股轉過來，口中還不忘記罵他幾句。

「突、突然覺得好丟臉！」

遲來的羞恥心覺醒，忸忸怩怩的北村打算退出廚房，伸腳正準備往後跨——

飄！

「……！」

遮掩猥褻東西的毛巾掉落在地。同一時間的竜兒拚死飛撲，用盤子巧妙遮住北村的胯下，阻止猥褻東西汙染心愛女孩的眼睛。

「剛剛好、好像有殘影……好像有什麼……黑黑的……?」

実乃梨繃著一張臉，按住自己的眼角，坐在地板偏著頭。

「大、大概是海帶芽幽靈！」

竜兒以自己的身體擋住北村的裸體，心裡暗誦：「忘掉吧！把它忘了吧！」接著他轉身面對実乃梨：

「櫛枝，廚房的事不用妳幫忙，到客廳休息一下吧！咖哩煮好我會叫妳。」

「……是嗎？就這麼辦吧……總覺得腦中還有海帶芽幽靈的殘像在搖晃……不曉得那個影像是不是已經滲入眼球……」

実乃梨踏著奇妙的步伐搖搖晃晃走出廚房。目送她離去後，竜兒的雙眼立刻有如妖魔鬼怪般吊起：

「你真是有夠低級！低級！」

竜兒用盤子敲了一下北村光溜溜的屁股（這個盤子等一下給大河用好了）。

「你是為了幹這種勾當才來參加這趟旅行的嗎？下次你要參選學生會會長時，我一定不會投給你！」

「我已經在反省啦！」

竜兒把這個堪稱死黨的男子踢出廚房、趕回二樓房間。怎麼會有這種傢伙！真想讓麻耶、奈奈子那些北村親衛隊瞧瞧他的德行，真想讓她們徹底知道「雖然喜歡開他玩笑，可是頗有希望的丸尾同學」其實是這種人！看，你們說對吧！能登、春田——竜兒不由得想起沒能參加這趟旅行的朋友笑容。他們的幻影在竜兒身邊轉圈低聲說道：是啊，你說得對，高須……怎麼只有那個傢伙受歡迎？太奇怪了……完全說不過去……那傢伙明明很蠢……不、應該是說那個傢伙最適合『笨蛋』兩字了。啊，對對對，你說的沒錯！

「真是的……那個傢伙真可惡！」

竜兒重新開始被打斷的切洋蔥工作，重新擺好垃圾袋，口中還是抱怨個不停。難得有機會能夠和実乃梨一起待在廚房裡的，沒想到竟然被北村給妨礙。

「啊——実乃梨真是可憐喔。」

亞美的語氣十分悠哉，一點也感覺不出她覺得実乃梨可憐。竜兒微微轉身：

「……川嶋，妳來幫忙吧。都怪妳那個愚蠢的青梅竹馬，害我少了一個幫手。」

竜兒用下巴示意実乃梨削到一半的馬鈴薯。

「啥！」

亞美立即做出回應，前後不用一秒。

竜兒真想這麼說——也用不著擺出這副表情吧。亞美的臉瞬間扭曲，別開玩笑了——這句話真應該配上吐口水的動作。亞美面露笑容仰望竜兒，似乎打算捏他的眼睛一把——

「為什麼是亞美美？」

——再沒有別句話比這一句更能表現出任性、蠻橫、心胸狹窄、驕傲自大等種種情緒了。為什麼亞美美要幫忙做菜？為什麼這麼美麗又可愛的亞美美要削馬鈴薯？為什麼既是模特兒又是千金大小姐的亞美美，要當你這種人的助手？

竜兒相當清楚亞美想說的話，於是他點了點頭：

「……那妳端杯麥茶給櫛枝吧！」

「咦～～？人家想要在這裡『觀賞』高須同學做菜……噗！」

竜兒迅速將洋蔥對半切開，身旁的亞美馬上把臉轉開——看樣子洋蔥汁正好命中亞美的眼睛和鼻子。

「……好、好啦！我端麥茶過去就是了！好像被趕出去了……真教人生氣……」

亞美頂著通紅的雙眼，嘴裡一邊碎碎唸一邊拿著玻璃杯走出廚房。這下子廚房裡只剩下竜兒與大河。

「喂，妳還好吧？」

「……」

從大河依然倒在牆邊大口喘息的模樣看來，北村的屁股的確帶給她不小的衝擊。剛剛才遭到亞美「啵喲衝擊」的心靈創傷尚未完全恢復……竜兒不自覺伸手抓住大河的手臂，打算拉她起身。
「……你呀，現在不是擔心別人的時候吧？」
大河甩開竜兒的手，扶著牆壁搖搖晃晃起身。
「我沒事……我受過最大的心靈創傷，其他的心靈創傷根本不算什麼……泰泰的巨乳、泰泰的巨乳、泰泰的巨乳……喔喔喔……」
「別拿人家的母親治療心靈創傷！」
大河搖頭晃腦，呼吸總算恢復正常。抬頭瞪著擔心看著她臉的竜兒：
「沒用的垃圾狗。」
「唉～～」大河故意大聲嘆息：
「今天這個情況真的讓我受不了了。好不容易有機會能和小実一起做菜，卻被你給搞砸了！這可是大力推銷你唯一長處的大好機會啊！」
「妳這麼說我有什麼辦法？又不是我的錯，都是北村害的！」
「又來了，又把過錯推給別人！真是狗改不了吃屎！你真的一點危機意識也沒有！」
大河撥撥頭髮，打從心底擺出一張不高興的樣子給竜兒看。
「什、什麼危機意識？」
「這趟旅行到目前為止，根本沒有一件事情順利的。嚇小実也是半調子，也沒機會好好推銷你自己……你根本沒有一點努力要和小実拉近距離嘛！真是受不了。」

「別這麼說嘛……剛剛裝神弄鬼不是滿成功的嗎？就是那個蠢蛋吉一號……」

「可是接下來不是什麼計畫也沒有嗎？還是你打算就此結束？」

「話不是這麼說……」

聳聳肩的大河嘖了一聲，以「猶豫不決的竜兒說的話不值得一聽！」一句話打斷他：

「現在不是囉囉唆唆的時候。我會幫你，是為了避免那個狗未來。可是小実的心不是我能掌控的，得靠你自己多用心。坦白說，到目前為止我看不到你做過什麼努力。」

「……」

被她說成這樣，自己依然無話可說。竜兒看著切對半之後就忘在一旁的洋蔥，沉默不語——大河說的沒錯。

「啊——令人煩躁的臉……反正接下來也只能揮灑汗水想盡辦法挽回劣勢。我只能在我做得到的範圍內盡量幫你。說是幫你，其實也只能這麼做……」

大河一邊喃喃自語，一邊打開冰箱冷凍庫，從裡面拿出可能派得上用場，暫時藏起來的「蠢蛋吉一號」，又名「海帶芽幽靈」。

大河把海帶芽從塑膠袋裡拿出來揮了幾下，讓它恢復原有的大小。

「只靠這一招似乎有點遜，但總比什麼都不做來得好。」

用手扯掉為了吊在天花板而綁上的線，將海帶芽裝在廚房角落的掃把前端：
「完成！突刺型假幽靈．蠢蛋吉二號！」
「還真簡單啊。喂……」
大河的視線看著廚房一旁通往木造陽台的小窗，看起來大概是把垃圾扔出去的地方。她像貓一樣小心翼翼看著四周。
「從這裡出去就能通到客廳外面的陽台。如果小実剛好坐在窗邊沙發上，我就可以輕輕打開窗子，用這個嚇她……你待在廚房假裝我還在這裡吧！」
「假裝？喂、怎麼假裝啊……」
「那種事情自己想吧。」
大河脫掉拖鞋，壓低腳步聲，悄悄往外走去——
「！」
咚鏗鏗鏗鏗……碗掉到地上。兩人同時停下動作，緊緊貼在牆邊屏住呼吸……不過看樣子好像沒有其他人聽到。大河小心地撿起碗，再一次從小窗走到外面的陽台。
我要假裝大河還在廚房。既然如此……要這麼做嗎？
「喔！做的不錯嘛，大河！真沒想到妳的手這麼巧！」
剁剁剁剁剁剁剁剁。竜兒一面展現絕佳廚藝將洋蔥切成細末，一面大聲嚷嚷，企圖讓大家都聽見。

「幫我拿一下那邊的碗！喔！謝啦！那紅蘿蔔也交給妳吧！喔、很不錯嘛！大河，妳也很厲害嘛！」

自導自演的獨角戲真是有夠空虛，可是又非演不可。此刻的竜兒臉部微微抽動，還努力拉大嗓門說道：

「很好——大河！接下來是這個……」

就在這時候。

呀啊——啊——啊——啊——啊——啊——啊……客廳傳來淒厲的慘叫聲。成功了！就在竜兒抬頭的下一秒——

「成功了、成功了！就像假的一樣超成功的……！」

大河悄悄從廚房小窗滑進來，小心關上窗子。盡量不發出聲音的兩人，來個擊掌慶賀。

「剛好只有小実一個人坐在沙發上，我就從外頭穿過窗簾，用蠢蛋吉二號拍她肩膀！」

「幹得好！」

竜兒和大河互相豎起大拇指點點頭，各自拿起菜刀和紅蘿蔔——

「剛剛的慘叫聲是怎麼回事！」

「小実，妳沒事吧？」

——裝出慌張的樣子跑向客廳，只見実乃梨呈大字形躺在地毯上。

「実乃梨？怎麼了？振作點！」

「櫛枝，醒醒啊！」

亞美與穿上衣服的北村正在查看実乃梨的情況——実乃梨痛苦地緊繃身體，不明究理指著北村：

「出、出、出、出現了……出現了……！北村同學的生靈……北村同學的幻影……！」

「我？為什麼！」

為什麼會變成北村的生靈？実乃梨說完便癱軟無力，看得出她全身起了雞皮疙瘩，似乎正在顫抖。臉色不曉得是蒼白過頭還是興奮到發燒，此刻正呈現櫻花色。

「小、小実……」

凶手大河戰戰兢兢靠近……想必大河也和竜兒一樣飽受良心的煎熬。她來到実乃梨身旁坐下。

「大、大河……嗎……」

「嗯。」

心懷歉意的大河正在擦拭実乃梨額頭上的汗水。

「……大河……小心一點……這棟房子瀰漫某種邪惡意念……」

「是、是嗎……？」

大河可疑的目光開始游移——是吧、是吧，這句話對邪惡意念的始作俑者來說，可真是尷尬到了極點。竜兒也無法正視実乃梨的眼睛，胸口傳來一陣陣椎心之痛。

「小、小実，有什麼我可以幫妳的嗎……？」

「……咖哩……咖哩煮好了嗎？」

「就算竜兒再厲害，也沒辦法在五分鐘內煮好吧，小実……」

「這樣啊……這樣的話……嗯——嗯嗯嗯，我想吃辣味咖哩……好把心裡的害怕一掃而空……拜託了……」

実乃梨顫抖的手輕輕撫摸大河的臉頰，最後筋疲力盡閉上眼睛。大河點點頭，認真回了一句「我們盡力」。她似乎為了実乃梨，捨棄另外煮一鍋的任性了……

竜兒也決定了——如果辣味咖哩能夠彌補良心的譴責，無論多辣我都做！

於是竜兒化身成為烹飪惡魔。

「哇啊！超厲害的耶！」

在一旁觀看的亞美幾乎說不出話來。竜兒秀出華麗的甩鍋技巧，將材料隨心所欲拋向空中，再用亞美父親的洋酒炙烤部分甜點用的水果之後攙入鍋中，輕輕鬆鬆就做出高須流印度水果醬汁。

「有什麼我可以幫忙的嗎？」

前天體營營長北村開口詢問。「洗米！用合掌膜拜的手勢洗米！」竜兒丟出指示，要北村幫忙洗米。

「……大河，妳有心理準備了吧？」

竜兒有如短刀刀尖的銳利視線看向大河，不是因為大河欠他錢而要把她賣掉，只是在確認她的決心。

「嗯。因為竜兒沒帶珍藏香料組，現在只能用這個了……」

點頭的大河手上拿著咖哩塊附贈的紅色香料，上頭寫著：「增辣香料・衝擊ＨＯＴ（非常辛辣，請酌量使用，否則將有危害健康的危險）」既然是実乃梨的心願，那也沒辦法——大河眼中表明自己的立場，撕開所有香料的封口。對於未曾嘗試中辣以上的大河來說，這種做法可說是相當冒險……錯、應該說是有勇無謀。

沙沙沙……紅色香料溶進鍋子裡，煮了大約十五分鐘。「還有這個。不過這是去年買的，還能用嗎？」亞美在廚房抽屜找出的咖哩粉與辣椒，竜兒也毫不猶豫丟進鍋裡，再繼續煮上十五分鐘。

這麼一來，竜兒心裡期待的不要煮太久、帶有學校營養午餐風味的簡單咖哩——鬆軟的馬鈴薯、看得出原形的洋蔥、滿是紅蘿蔔與微焦的豬肉——就此完成！

「說到辣……有重口味的辣、哇沙米的嗆鼻、辣椒的灼熱、燃燒喉嚨的辣……還有其他各式各樣的辣。我剛剛試過今天晚上這盤咖哩的味道，是屬於會讓人皺眉的香料辣味咖哩。忠實呈現櫛枝的要求，做出符合這棟別墅的簡單風味。」

每人的盤子裡裝著白飯與咖哩。大家在飯廳的餐桌前坐成一列，眼睛看著竜兒進行解說的嘴唇——他的嘴唇腫了起來，真的很腫。

只是試個味道而已，就變成那副香腸嘴，這盤咖哩裡究竟蘊藏多少潛力？海浪聲迴響在寂靜的飯廳，香料的香味在四周飄散。

「……就是這樣，請大家誠心誠意享用吧！開動！」

開動！大家同聲附和，拿起湯匙，舀起一口送進嘴裡，一秒的寂靜包圍整張餐桌。

「……嗯？不太辣？」

実乃梨說。

「嗯嗯，很好吃。」

亞美說。

「豬肉，肥肉的部位……」

大河說。

「嗯，好吃好吃！不愧是高須！」

暴露狂說。

「什麼嘛——！」的氣氛在三秒鐘之後變成一片無聲的哀號。

「……！」

大家正要將第二口送進嘴裡的瞬間，統統停下湯匙。

「辣……辣辣辣辣啊！瞬間辣了起來！」

「好、辣啊——！水！水！給我水——！」

「好熱！好痛！好辣！啊，水打翻了啦！」

「唔……咳咳咳咳咳！這個、喉嚨……咳！」

竜兒望著痛苦不堪、滿地打滾的眾人，悄悄注視実乃梨。「好辣好辣啊！啊、衝上來了！我吃！喔！又來了！」実乃梨自顧自的鼓足幹勁，像個男子漢一樣大口大口吃下咖哩。

這時的她注意到竜兒的視線：

「高、高須同學！你真是太棒了！這個超辣超好吃的！辛辣的『辛』加上一橫，就是『幸』福啦！這比我期待的還要棒！我的害怕和憂鬱全都辣跑了！」

実乃梨對竜兒豎起大拇指。竜兒嘴裡雖然有煉獄之火正在熊熊燃燒，心底仍不禁湧起點滴的開心與害臊。

「那個……因為……妳說想吃辣的……」

「咦，所以你是為了我才做這麼辣的咖哩嗎？超感動的！那我得多來幾碗才行！」

微笑的実乃梨臉頰因為咖哩的辛辣而泛紅，當著竜兒的面吃光盤中的咖哩。哇啊！竜兒心中湧起無限幸福。既然妳這麼開心，這輩子我每天都做給妳吃！他當然說不出這句話，只能默默搶過実乃梨的盤子，幫她再盛上滿滿一盤。

4

充滿衝擊的超辣咖哩晚餐之後——

「很——好！洗碗就交給我吧！」

只有実乃梨一人意氣風發地收拾空盤子端到廚房，其他人全都累得一踏糊塗——好辣可是好吃、好吃可是好辣——就在這麼一波接著一波的連續攻擊之下，嘴唇與嘴巴痛到不行，還是忍不住再來一盤。最後眾人吃到肚子好撐、嘴唇腫脹、累到站不起來……

怎麼能讓実乃梨一個人收拾善後？正當竜兒起身準備幫忙，大河拉住他的T恤。

「嗯？怎麼了？」

「可能……辣的東西一下子吃太多，我要胃藥……」

「肚子痛嗎？」

「好像……」

皺著眉頭的大河來回撫摸自己的肚子，然而偏著頭，不太確定自己的身體狀況。

「我沒帶胃藥耶。川嶋，妳那裡有藥嗎？」

「咦——沒有耶……我只有頭痛藥。」

怎麼辦？就在竜兒的手擺在大河額頭上確認有沒有發燒之時，北村站了起來⋯

「我有帶喔。有分止痛和幫助消化兩種。妳要不要到我房間來看一下說明書，看看妳的症狀適合吃哪一種？」

「……」

「怎麼了？」

大河咬住袖口的蕾絲——雖然北村這麼說，可是靜不下來的大河卻像貓一樣摸摸臉、抓抓耳朵……現在不是害羞的時候！竜兒抓著她的手肘勉強讓她站起來⋯

「喂，快去。」

他推了一下小小的背，害她差點摔倒。可是大河順勢移動腳步，跟在北村身後走出客廳。竜兒不禁擔心地看著大河的屁股——

「……喔！」

「你在發呆喔。」

等到發現已經太遲了——亞美無聲無息地接近，繞了一圈來到竜兒眼前，身體越過餐桌如此說道：

「既然高須同學這麼擔心那個傢伙，跟過去不就得了？」

大大的眼睛稍微瞇起，裡面滿是壞主意。薔薇色的唇邊也綻開笑容，就像看到什麼有趣的事物……

「我擔心大河有什麼不對？」

「唉呀，突然改變態度啦？」

「不論是北村、櫛枝或是妳，只要有人肚子痛，我都會擔心。」

「哦——真的嗎？那亞美美的肚子，好像也有一點痛～」

亞美使出吉娃娃的淚汪汪眼神攻擊，一屁股坐在竜兒身邊——

「如果我這樣說呢？」

也不給竜兒上勾的時間，若無其事地微笑吐舌、聳肩。這傢伙真是——竜兒早已對她的玩弄免疫，只是定睛回望亞美的冷酷美貌。

「我說妳啊……」

「怎樣～～？」

亞美應該也清楚竜兒的不耐煩吧？她再度使出天使微笑靠近，睜大眼睛嘟著唇——眼裡散落閃亮星星，美麗的臉龐有如奇蹟。可是再看看餐桌底下，簡直就像是城郊的小混混——穩穩坐著的身體，單腳放在另一腳的膝蓋上，張開雙腳坐沒坐相，腳踝還不停轉來轉去——看樣子她也不打算掩飾。

啊——竜兒仰望天際，同情全國的亞美迷，也不禁笑出聲來：

「……該怎麼說，妳還真是怎麼看也看不膩。」

「這是誇獎嗎？」

「很難說……」

竜兒仔細想了一下，認定她是個怪傢伙。

乍看之下有如寶石的稀世美少女，沒想到真面目是個性惡劣的壞心女。想到這裡——

「很難說？什麼？你說……很難說？到底是好還是不好？竟然說很難說……」

一臉認真的亞美在竜兒面前偏著頭，露出真正的表情，讓人感到莫名親切——是正常到叫人驚訝呢？還是意外她也會有正常的表情？或是竜兒再度意識到她果然只是一個十六、十七歲的女孩子？

竜兒心想，想不到這種表裡不一的女孩子，也會有這麼一面。其實他並不討厭這樣。

「……怎麼？幹嘛一直盯著人家看？唉呀呀，該不會是看得入迷了吧？嗯嗯，沒關係、沒關係，這也沒辦法的，因為人家就是這麼可愛……」

嗯嗯，我明白、我明白——亞美點點頭，擺出得意洋洋的表情。竜兒心想，她果然很厲害。亞美得意洋洋的臉上突然露出孩子般的燦爛笑容：

「對了，高須同學、高須同學！我們現在去海邊——」

她好像想要說什麼——

「喔，這裡還有沒洗到的餐具。」

輕快的腳步聲傳入兩人耳中，実乃梨哼著歌從廚房走出來，回到飯廳。她沒有責怪亞美與竜兒兩人不肯幫忙只是坐在那邊聊天，而是心情愉快地將餐桌上被遺忘的沙拉盤和玻璃杯疊起，以雙手端著正準備離開——

「妳拿玻璃杯就好，這樣很危險。」

竜兒從旁搶過盤子。

「啊，你要幫忙嗎？不用了啦，高須同學已經負責煮晚餐了，收拾這種工作就由我來做就行了！」

「沒關係，我也來幫忙。」

竜兒一手拿著盤子，一手拿起抹布俐落地擦拭餐桌。轉頭打算叫亞美來幫忙——

「人家不擅長在廚房工作～趁還沒給你們添麻煩之前，我先撤退啦～」

面帶微笑的亞美說完之後快速離開，兩人還來不及出聲叫她，她就已經逃離現場。竜兒心想：她這麼不想幫忙？不過話說回來，能夠和実乃梨兩人一起收拾真是超級幸運！亞美的任性作為讓此刻的竜兒萬分感謝。

「不要緊嗎？你不是正在和亞美聊天？」

「沒關係、別在意。」竜兒揮揮手，兩人一起往廚房走去。

廚房已經被実乃梨收拾乾淨，從鍋子到菜刀全都排的井然有序，整齊乾淨得連竜兒都挑不出毛病。趁著竜兒巡視廚房之際，実乃梨已經快手搶過他手中的盤子。在竜兒還來不及說「啊，那個我來！」之前——

「好了！全部洗完啦！」

瞬間洗碗的技術真是了不起。洗好的碗盤也無可挑剔，迅速沖水擺回籃子裡。

「……妳的洗碗技術很不賴嘛！」

「嘿嘿，真的嗎？大概是整天打工練出來的吧！我總是想盡快收拾乾淨，心裡這麼想，然後來回多走幾趟，手腳也就越來越俐落。」

竜兒又發現一項実乃梨的優點，就是她被稱讚時，會感到害羞不好意思，又有一點得意地挺起胸膛微笑。那個笑容好可愛！真是既坦率又直接，讓人也希望自己能夠成為那樣的人

——那股不炫燿的單純，叫人打從心底憧憬。如果我能像実乃梨一樣，無論有什麼遭遇，無論長成什麼樣子，都不會像現在的自己一樣乖戾到有點自虐，一定能夠像正直的竹子一樣成長……沒錯！假如世上的人們都像実乃梨一樣，那麼世上就不再有紛爭、悲劇，大家就能幸福快樂地一起歡笑生活。

実乃梨沒發覺竜兒熱情的視線，微笑的眼睛仍然瞇成一條縫。「有了！」她抬頭說道：

「有個好東西要給高須同學！」

実乃梨打開冷凍庫探頭進去。「嘿！」拿出兩個小小的冰淇淋最中（註：用薄脆糯米餅皮夾上內餡的和果子），也就是剛才飯後一人一個的甜點——

「其實還多兩個。本來打算等一下舉辦一場相撲大賽，大家流血流汗爭奪最後兩個……嘿嘿，這可是祕密，我們把它吃掉吧！香草和抹茶口味，你要哪一個？」

「抹……抹茶。」

「ＯＫ！」

実乃梨微微一笑，將其中一個拋給竜兒，然後轉動眼睛觀察四周：

「被大河看到就慘了，她可是超級貪吃鬼！高須同學，我們就一口吞下吧。」

她決定一口吃下這個看來不小的冰淇淋最中，動手撕開包裝……等等等等，不行不行，竜兒制止她的手——

「那邊可以通往陽台，我們到外面偷吃吧！」

竜兒指著剛才大河與蠢蛋吉二號一起進出的小窗。咦——実乃梨睜大眼睛。噓……竜兒示意実乃梨別出聲，兩人放低聲音打開窗戶，穿著室內拖鞋直接走到滿是沙子的陽台。

海風大到要將他們推回屋裡，於是他們閉上眼睛……這才留意夏夜黑幕已經完全降臨海面。打上岸的浪花在星星與月亮的光芒照耀之下顯得蒼白，海浪的聲音帶給寂靜的黑暗一點聲音。

「注意腳邊喔！」

「好！」

兩人避免發出腳步聲，背向客廳走在突出的陽台……兩人面對大海，坐在陽台邊緣把雙腳伸出陽台。実乃梨凝視夏夜大海，忘記要打開最中。

「總覺得……一片烏漆抹黑……那是月光的倒影嗎？」

在手指前方，月光倒映在海面上，延伸出一條皎潔的光之路。竜兒偶然注意到一顆閃耀的星星正在緩緩移動，可是他沒說「ＵＦＯ！」因為他知道那是人造衛星。

竜兒似乎有點害怕沉默，連忙動手打開最中。

「好……好美啊！」

咬了一口。竜兒食不知味——現在感覺正好，兩人偷偷摸摸躲起來……海風吹動実乃梨的頭髮，強烈的月光照亮她的側臉……

「高須同學……」

竜兒的肩膀一震。仔細觀察晚上的実乃梨，就會發現她相當有魅力，竜兒的視線緊盯著她不放。

「抹茶好吃嗎？」

「好吃……」

「你剛才吃什麼口味的？」

「紅豆……」

「哪一個好吃？」

「抹茶……」

竜兒拚命咬下第二口、第三口最中。趁著當時的氣氛和実乃梨來到這裡，接下來該怎麼辦才好，他也不知道。這應該算是「好機會」吧？可是，是什麼的「好機會」？這種時候，其他人究竟會說些什麼？

「我、我說……櫛、櫛枝，妳……」

「嗯？」

「有、有男朋友嗎？」

──糟了！竜兒立刻後悔。太焦急以致於衝得太快，一不小心就問出口了。

実乃梨什麼也沒說，似乎沒聽到竜兒的問題，只是沉默不語──這股沉默比什麼都要恐怖。櫛枝実乃梨，拜託妳，快點和平常一樣突然說些有的沒的，驅散這個氣氛。我剛剛的問題，就當作沒聽見吧。

兩人獨處陷入沉默的寂靜，拜託妳不要這樣不發一語。

再過一秒、再這樣下去，我可能會這麼死去──

「我問你，高須同學，剛剛的海帶芽幽靈，現在也在這附近嗎？」

「呃……啊？」

「喂──！海帶芽幽靈啊！你是哪裡的海帶芽呢？」

「……噗！」

竜兒差點就要將口中的最中噴出來。笨蛋發言果然出現了！很好很好，就是這樣！就用妳平常的搞怪風格、搞怪發言，掩飾我失控的問題吧……竜兒看向実乃梨，心臟瞬間停止，呼吸也不禁停了下來……

「高須同學，你看過幽靈嗎？」

実乃梨一直凝視竜兒的眼睛，不符合搞怪發言的認真眼睛一眨也不眨，眼神有如易碎玻璃一樣溫柔。

「怎麼突然問這種……不，我沒看過……」
「我啊，相信幽靈存在喔。」
嗯嗯。実乃梨點點頭，大聲說道：
「可是、可是我不曾親眼見過。世上不是有種……叫做靈媒的人？就是號稱『看過幽靈的人』嗎？我才不相信那種人……幽靈怎麼可能看得見？怎麼可能有人跟幽靈說話？我認為他們的目的都是為了斂財。」
竜兒不明白她要表達的重點是什麼，只是不知不覺盯著実乃梨的側臉。実乃梨此刻的視線投向前方一片黑暗的大海，凝視竜兒不知道的目標。然後嘆了口氣：
「還有一件事，我也有同樣的想法。我相信將來總有一天會遇上自己打從心底愛他的人，和他交往、結婚、幸福快樂。可是事實上，不曾有人讓我有過這種感覺。」
実乃梨懸空的腳尖晃來晃去，在竜兒的眼角畫出白色的光之軌跡。
「這個世上理所當然存在一種人，他們從國中或高中時就不斷與人墜入愛河、交往、被甩或分手，這些人理所當然地談著戀愛，也認為那就是愛……而我，完全不是那種人。不是常有人自稱『靈感強』或是『看得到』，老是愛說『啊，肩膀好重！』、『這附近有不少怪東西喔！看、那邊也有！』等等。我常常懷疑他們真的看得見幽靈嗎？同樣道理，那些人真的在談戀愛嗎？因為我看不見，所以即使我相信，那個『理所當然』依然永遠不會出現。因為我不曾體會過。對別人來說『理所當然』的事情我卻沒有遇過，所以我不相信。我就像個局外人，想去相信，也有點想放棄。我所能做的，頂多是羨慕地望著『看得見幽靈的人們』、咬著手指感到憧憬，為他們加油。只是想藉由這麼做，與那些局內人有所『交集』……但我還是很想大聲告訴他們『那些都是騙人的！是眼睛的錯覺！是你們想太多！』……所以，對於你剛才的問題，我的回答是『沒有』。」

実乃梨一口氣說了這麼多，不確定竜兒是否聽得懂，不禁不安地看向竜兒——

「高須同學，你看得見幽靈嗎？」

竜兒慢慢舔了一下嘴唇。

謹慎地不讓聲音流露驚訝、交集與顫抖，努力擠出一句話：

「……沒看過，但是我想……我相信幽靈的存在。」

「和我一樣？」

竜兒搖搖頭：

「我不但相信，而且我『想看見』——因為想看見，所以我還會特地跑去鬧鬼的地點瞧一瞧黑暗之處……妳只是相信而已，我想我們不太一樣。再說妳不是害怕恐怖的東西嗎？搞不好妳的心裡認為幽靈不存在吧？沒有幽靈卻感覺得到幽靈的存在，所以才會害怕。」

実乃梨意外沉默了。她一直凝視竜兒的臉，甚至忘記眨眼。竜兒終於明白自己越說越激動的原因，他不希望聽到実乃梨說出那種話：永遠不會出現，也就是自己愛的人永遠不會出現。竜兒無論如何都不想聽到這句話。他希望有一天能夠和実乃梨兩情相悅，而実乃梨的話，等於是當著竜兒的面宣判他的死刑。

現在的実乃梨並不喜歡竜兒，這點不用她說竜兒也很清楚。這不代表竜兒聽到她的話不會心痛，只是比起眼前的心痛與想哭，他更想把希望寄託在將來自己能成為実乃梨的對象。

另一方面，為什麼她會有那種想法？眼前這個可愛又能和男性友人自然聊天，看來一切都很正常的普通女孩子，為什麼會有那種想法？竜兒好想知道。

「可能……我是說可能，對於靈感應力強的人而言，他們可能不認為看得見幽靈是理所當然的事。」

「咦……？」

「不是有人因為自己看得見幽靈而非常驚訝嗎？也有人雖然看見了，卻認為不可能而強行否認？甚至也有人看過一次之後就再也看不見了，因而懷疑自己看見的是幻影……還有像妳這樣，認為絕對看不見卻意外看見，因而改變主張的人吧？也就是說，這該怎麼說……沒人知道什麼是理所當然的。我想也有人因為很想、很想看到而拚命努力，最後終於看到……所以妳也不必現在就把話說死，說什麼這輩子絕對看不到、那些全都是騙人的，大可不用那麼想……我、那個，該怎麼說……」

実乃梨睜大眼睛看著竜兒，看得出她正在屏氣凝神。雖然不清楚她在想什麼，不過竜兒可以感覺到她在等待竜兒說下去。

竜兒總算能夠說出口。

「……我希望妳有一天能夠看見幽靈……希望妳會期待有天能夠看見幽靈……明知道妳害怕還說這種話，我知道自己很過分，可是……我想，這世界上應該存在……希望被妳看到的幽靈。」

竜兒不後悔自己脫口而出的話：

「……所以說，今天不是發生很多奇怪的事情嗎？那都是幽靈在推銷自己喔！來自某處的幽靈說：看！我在這裡！有沒有發現？」

其實那就是我……竜兒當然沒有說出口。

「啊——」

実乃梨突然噤聲，仰望夜空，似乎有什麼東西讓她感到疑惑，之後也沒繼續說下去。

「……為什麼對我說這些？」

竜兒在心裡小聲說：妳就是我的幽靈。他別開看著実乃梨側臉的眼睛，害怕自己在凝視夜空的漆黑眼睛中融化。実乃梨在他身旁長嘆口氣，終於帶著微笑回答：

「我今天一直在想，為什麼會被奇怪的幽靈嚇到？而且都嚇成那樣了，卻還看不到幽靈的模樣。然後剛才我看到了——ＵＦＯ、很像ＵＦＯ的人造衛星。我心想：啊！看到了！後來發現不是……結果還是看不到，明明感覺得到就在附近……就因為這樣，我才不知不覺就對高須同學說了那些話……」

「真是怪人……」

竜兒嘴上這麼回答，其實他也看見了。就是那個像飛碟一樣在夜空滑行的閃亮星星，他也知道驚嚇実乃梨的幽靈真面目，就是自己喜歡她的心。

這顆心並不像幽靈或ＵＦＯ這樣不可思議，而是真實存在於実乃梨身旁——只要她想看，應該就能看到。

與実乃梨肩併肩吹著海風，眺望搖曳的漆黑大海。竜兒心想，如果実乃梨能夠看見自己的心該有多好。即使她看過之後覺得無趣丟到一旁，也總比沒注意來得好。

＊＊＊

「竜兒……」

上完洗手間洗好手，輕輕打開門——

「嗯？大河……？」

清晨一點——

不知道是因為太早起，還是玩得太厲害的關係，大家早早就上床睡覺。寂靜無聲的深夜時分，在洗手間昏暗的燈光下，小小的臉蛋從某扇門裡探出來看向竜兒。

「怎麼了？睡不著嗎？」

竜兒壓低聲音，避免吵醒大家，輕輕關上洗手間的門。大河像貓一樣跑出房門，光著腳沒穿拖鞋就踏上走廊，朝著竜兒走來。

「因為聽腳步聲好像是竜兒……」

「妳越來越不像人了……」

長頭髮綁成睡覺專用的辮子，身上穿著在家常穿的麻紗夏季睡衣。「嗯。」點頭的大河用睡衣袖口擦擦鼻子，有如小孩子一樣的動作看來了無睡意，大大的貓眼也是充滿精神。竜兒也因為上過廁所，整個腦袋清醒過來。

竜兒指著樓梯說聲：

「……下樓去嗎？」

「好。我剛好想到，也得思考一下明天的事。」

「是啊，妳說的對……總不能老靠蠢蛋吉一號、二號。」

兩人一面竊竊私語，一面不發出腳步聲下樓，彎過走廊來到漆黑的客廳，兩人只開了小小的餐桌檯燈，坐在沙發上。

寧靜的黑暗中傳來細微的海浪聲……柔和的檯燈燈光只能照亮餐桌，兩人幾乎只能看見對方的臉型。竜兒調整檯燈的角度，想讓這邊稍微明亮一點——

「哦哦……這種檯燈不便宜耶……」

這才注意到檯燈上的講究精緻工藝——整體是淺桃色的磨砂玻璃，細部則是以紫色玻璃裝飾。燈泡發出近似火光的穩重光芒，配合上磨砂玻璃之後，發散出朦朧溫暖的感覺。模擬蜻蜓在森林草木之間飛舞的設計風格，乃是典型的新藝術派。這該不會是拉奎（註：RenéLalique，法國的新藝術派設計家）還是賈列（註：Émile Gallé，同為法國的新藝術派設計家）等名家的知名夢幻逸品吧？這種好東西可是難得有機會看到。

在陶醉不已的竜兒眼前，一根沒教養的手指慢慢伸來——

「這個好噁心喔！」

「我說妳啊……」

摳摳摳，大河若無其事摳著細緻的蜻蜓雕刻。該說是不對她的味，還是她不懂何謂風雅呢？反正新藝術對不懂的人來說，八成跟新上市沒什麼兩樣吧。

這個傢伙真是的……竜兒不小心又被大河有如妖精一般的無益美貌吸引——

「我們來吃剩下的咖哩吧。」

接著又要竜兒幫他加熱咖哩。「唉——」竜兒嘆口氣：
「……別再吃了，現在已經一點了喲？等一下妳又開始肚子痛……話說回來，肚子已經好了嗎？」
「好了。剛開始吃飯就覺得胃有些不對勁，沒辦法再來一碗，害我沒吃飽。」
「沒有再來一碗？我倒是沒注意……真難得，看樣子妳真的很不舒服。」
「是啊。北村同學拿藥給我的時候，也是一直問我：『水夠不夠？』、『兩顆藥都吞下去了嗎？』、『如何？有用嗎？』害我緊張到痛得更厲害，直到剛剛睡一下起來之後，才終於不痛了。」
「真想不到妳也會肚子痛……」
「……對了，你在我吃藥時跑哪去了？怎麼沒看見你？」
因為我和櫛枝……竜兒說不出口，也不明白為什麼說不出口，只有喉嚨緊了一下。定睛看著在柔和燈光照射之下，看起來像是桃子的大河臉頰。竜兒也不知道為什麼，不知不覺就開口回答：
「我在打掃自己的房間。」
說謊了。大河的長睫毛在檯燈燈光中微微一顫，圓圓的眼珠看似興味索然地轉向窗外的黑暗，發出隱隱的光芒。

「嗯……」

「我、我幫妳加熱咖哩吧！」

不知道為什麼——在被大河的眼睛盯上之前，竜兒趕緊從沙發上站起來。

新藝術派玻璃檯燈柔和光線照耀的客廳，現在充滿咖哩味。

「啊——吃飽了、吃飽了！」

「怎麼連我也……」

回過神來，才發現眼前有兩個空盤子——太恐怖了，稍微沉睡的咖哩，美味程度更勝檯燈的風雅。

竜兒拿著盤子到廚房快速洗淨，手端麥茶回到客廳——

「喂，別睡在這裡啦！」

酒足飯飽的老虎懶洋洋地癱在沙發上，沒穿室內拖鞋的腳趾動來動去，張大嘴巴打了個哈欠。

「呵啊……我才沒睡。剛剛不是說要商量明天的計畫嗎？只是真的有點……太緊張……好累，明明才過不到一天……」

「又開始想睡了……」

到目前為止已經多次親眼見識大河的懶牛變化三步驟——吃飽、躺下、一不留神就睡死了——的竜兒，怎麼可能相信「我沒睡」呢？再說，通常看到這三個步驟，竜兒也是流著口水、在榻榻米上睡著了。一看到大河睡覺時幸福無比的傻瓜表情，自己的身體就會跟著不由自主放鬆——她的身體八成會釋放誘發睡意的催眠力場。

「睡在這種地方，川嶋一定會說些什麼……」

「蠢蛋吉……？」

「嗯……」

「……」

竜兒坐在地板上，身體靠著大河橫躺的沙發，頭擺在沙發上，額頭靠著大河的肚子……額頭好溫暖，發呆的視線也開始模糊……很自然……

「……這不是睡著了嗎！」

竜兒勉強自己醒來。不行，照這樣下去真的會睡著。

「大河、別睡了！起來！坐好！」

「……」

「喂！」

竜兒把手伸到大河的後腦勺下方，使勁將大河的身體拉起來。軟綿綿的大河縮成一團：

「好冷……怎麼有點冷……」

「啊——好癢！啊、住手……！」

竜兒站在沙發旁邊，膝蓋跪在沙發上，原本打算叫醒大河，豈料大河發揮貓科動物的本領，滾啊滾地就把頭鑽進竜兒的兩腿之間——

「……！」

她突然一臉不高興地起身，睜開閉起的眼睛：

「這不是胯下嗎……！」

「妳自己要鑽進來的！」

大河以「真討厭～」的眼神瞪視竜兒。竜兒心想，如果可以一掌打在她的頭上，那該有多好？

「真是的……這下子我完全清醒了……真想把臉皮剝下來泡過消毒水再貼回去！」

嘴裡說著完全清醒的傢伙又打了個呵欠。大河好不容易起身和竜兒並肩坐在沙發上。竜兒還以為她準備要說什麼，沒想到——

「總之，我明白了一件事……旅行真的太累了。」

「怎麼現在才說這種話？」

大河毫不設防地向上伸直雙臂，仰望天花板：

「總覺得整天的精神都很緊繃……本來覺得可以和北村同學從早到晚待在一起是種至高無上的幸福……沒想到，緊張的情緒遠大過幸福的感覺。」

「嗯，也對……看到他突然全裸登場，當然會緊張。」

「你也是吧？小実雖然沒有全裸登場，不過你也覺得很累吧？」

「也是……」

竜兒無法對大河坦白說出與実乃梨兩人共度的寧靜時間——其實也讓竜兒感到疲累。光是今天一整天跳動速度不定的心臟，就已經老了好幾歲。

「我還以為結婚是件很棒的事，果然很辛苦……如果要一直和喜歡的人獨處……我看我會很早死吧？」

大河解開編好的辮子，在昏暗中鬆開頭髮，接著用在黑暗中依然白皙醒目的小手梳理髮尾。「難怪我爸媽會離婚。」她又補充了一句。就連應該還會心痛的傷口都可以拿出來講，看樣子此刻的大河真的處於無防備狀態。

竜兒什麼也沒說，只是聽她說話。大河突然看向竜兒的臉，輕笑起來：

「和你的話，倒是完全沒有問題……看來我的身體已經染上2DK的狹窄氣息了吧！」

「……真沒禮貌。那是什麼意思？」

「你看——明明待在這麼大的客廳，笨笨的我們仍舊順從三坪大的習慣擠在一起。」

「啊，原來如此……三坪大的習慣啊。」

竜兒不由得認同大河的話。說來沒錯，沙發並非只有一個，想講話也可以到餐桌講，可是沒用的兩人還是以無法伸腿的零距離姿勢靠在一起聊天——此刻才發現兩人沒穿拖鞋的腳還靠在一起。

可是大河沒有特別排斥，也沒有叫竜兒閃開或滾開。時值必須壓低聲音說話的三更半夜，這種距離比較適合。而且竜兒也沒想說要分開。

「能夠和喜歡的人在一起固然開心，可是那終究不是日常生活。每天這樣我可受不了。」

「嗯……啾！」

大河打了個小噴嚏，坐起身來。竜兒伸手幫她拿面紙，毫不猶豫地順勢幫她擤鼻涕。

這才發現，深夜時分的兩人，間隔只有數十公分、腳靠一起，周圍只聽得見海浪聲……

一般思春期的少男少女到了這種時候，接下來通常都會發生什麼事——

「再一張。不夠。」

「喔，還真不少！」

「鼻炎。」

嘶——竜兒看著那張擤鼻涕都美的側臉，心裡不知為何感到平靜。感覺就像是從騷動不

已的非日常世界回到自己家裡，總算可以鬆一口氣。大河是個美少女、又是掌中老虎，照理來說應該是距離「鬆口氣」最遠的稀有生物才對。

「嗯啊——我可能過敏了……」

「有帶鼻炎的藥嗎？」

「沒有。討厭，我才不要在北村同學面前流鼻水……」

一邊零星交換對話，竜兒也不禁開始打呵欠。伸手遮住張大的嘴，呆呆地思考：

只要和大河在一起，不論是名媛的別墅或是二樓公寓，似乎都沒什麼太大的差別，都擁有同樣的空氣。感覺小鸚的鳥籠好像就在身旁，醉的七葷八素的泰子等等就會穿著高跟鞋跌跌撞撞到家，以及發音不標準的「我回來了～」甜美聲音……

我和大河就處在這樣的空間——

這是多麼不可思議的感覺，可是我一點也不討厭。倒不如說，這種感覺反而有種攜帶護身符的安全感——但還不到安心的地步，畢竟大河仍然算是凶猛動物。

此刻的大河又是怎麼想？她有些想睡地揉揉眼睛：

「竜兒，我在想啊……前幾天的那個夢啊……有點意外……」

她以比平常更可愛的聲音如此說道。

「嗯？那個警告夢嗎？」

看到竜兒轉頭，大河突然閉嘴不語。過了不久才有些猶豫地轉開視線：

「還是算了，當我沒說……話說回來，明天怎麼辦？又是使用蠢蛋吉，感覺有點……」

不知為何竜兒有點在意她剛才想說什麼，可是現在又必須商量明天的計畫。只好重新起身坐正，開始思考。

「啊──妳說的沒錯。大家不是說好明天要去海邊玩嗎？」

「海邊太亮了，又沒有可以躲的地方，沒辦法嚇她吧！」

「也對……怎麼辦才好呢……？」

「可以讓小実害怕的方法……」

嗯──兩人以同樣角度偏著頭。就在此時──

「──讓櫛枝害怕的方法？什麼意思？」

突然有個聲音從黑暗之中響起。

兩人幾乎快要跳起來，無聲倒在地毯上。驚慌失措，想要蒙混過去的兩人還靠在一起躲在沙發下面，企圖藏住身體。

「說啊，什麼意思？」

「咦……！」

「喔……！」

揪！肩膀被人抓住，還被人拉了起來，眼前那張盯著自己的眼鏡臉是——暴露狂北村。
這下子無路可逃了……
「你們兩個……我想說口渴下來喝個水，沒想到正好聽見你們在籌畫什麼奸計……而且還有咖哩的味道。」
「也、也不算奸計啦……」
「也就是說，今天櫛枝大鬧特鬧的原因，全都是你們兩個搞的鬼？」
猜對了……無言的竜兒和大河既尷尬又猶豫，一句反駁的話也說不出來，只能互看對方的臉。這副模樣已經明白說明了一切——「是的，就是我們幹的。」
「真是的……」
北村推了推眼鏡，忍不住嘆息：
「你們為什麼要做這種事……這樣櫛枝不是太可憐了嗎？」
話中混雜身為班長的正經。被罵的竜兒不禁坐在沙發上，兩手抓住膝蓋，拚命想著該如何回答——
「這、這個是……送給小実的禮物！」
正坐在隔壁的大河，迫不得已開始找藉口。
「禮物？」

「對。小実看起來雖然很害怕，其實她喜歡恐怖的東西勝過一天三餐呢！身為她的死黨，聽我說的準沒錯！她很喜歡我們稍微嚇嚇她、讓她害怕，所以我們才決定嚇她，想要讓她有個美好的夏日回憶……」

這種藉口誰會信啊！竜兒才這麼一想——

「喔！」

真的有人相信。

眼鏡在黑暗中反射光芒，拍了一下手。沒想到相信這番說詞的人就在眼前——

「原來如此！難怪櫛枝雖然嚇得很慘，眼睛卻閃著貪婪的光芒。」

這八成是北村的胡思亂想，不過幸好他這麼想——竜兒與大河激動地點頭，兩人打心底祈求北村假裝不知道而撤退。

「好！我懂了，既然是這樣，我也要參一腳！」

「完了！」——絕望的竜兒不禁自言自語。

「不如我們同心協力，明天玩大一點，好好嚇嚇她怎麼樣？」

竜兒與大河交換視線，互問對方該怎麼辦。先別管怎麼辦，重要的是北村現在一副幹勁十足的模樣……他好像想到什麼：

「對了，也找亞美一起吧？」

「咦？」

「蠢蛋吉？」

「嗯。再怎麼說這附近也是她最熟，而且亞美一定也喜歡嚇人。再說只有她被排除在外，也說不過去吧？我現在就去叫她！」

沒等兩人想出阻止的藉口，北村已經上樓去找亞美了。看到北村的背影消失在視線裡，兩人不禁靠在一起：

「這、這下子怎麼辦，大河？好像離當初的計畫越來越遠了！」

「問我怎麼辦，我怎麼知道怎麼辦！事情變成這樣，也只能順其自然了！」

「順其自然——」

大家一起嚇実乃梨、実乃梨感到害怕、竜兒化身為騎士登場、這全都是大家搞的鬼、害怕過頭的実乃梨生氣了、始作俑者是高須和逢坂……照這樣的順序，怎麼可能戲劇般地縮短距離呢？驚嚇與散布假消息，最後只會被討厭而已。再說亞美可能乖乖聽話嗎？她可能為了找樂子、甚至想惹大河生氣，假裝若無其事揭穿這一切吧？

但是盯著一片昏暗的大河舔舔嘴唇，看來像是下定決心：

「沒辦法……到了這個地步，只有重新擬定計畫了。你無論如何都要保護実乃梨，等到一切揭穿的同時，告訴她：『我跟他們說過不要這樣。我很擔心妳，我想保護妳。』」

「這、這樣可行嗎？會有這麼順利嗎？」

「不行也得行！沒有其他辦法了！你也不想未來變成那個狗未來吧……？」

大河的眼瞳在黑暗中發光。竜兒還沒點頭就聽到「人家好睏喔！」亞美不耐煩的聲音與兩個人的腳步聲往客廳過來。

——你、你有病啊？沒別的事好做了嗎？人家要睡覺了啦——真是的——！

這是亞美被北村拖下樓之後說的第一句話。別說是做作女的假面具，連天生的壞心腸都因為想睡覺和不爽而洩底。

「唉呀，不要這麼說……」

「別碰我、少囉唆！」

亞美冷冷一瞥，瞪向想要安撫亞美而輕撫她背的青梅竹馬。大河悄悄貼近亞美開口：

「喂，蠢蛋吉——」

「……幹啥？」

「妳如果肯幫忙，我就把蠢蛋吉最喜歡的竜兒給你玩三天三夜。」

咕！大河雙手抓住竜兒的臉，推到亞美面前。竜兒慌慌張張對大河投以責難的眼神：

「妳幹嘛要她加入我們啊？」

「……不讓她加入我們，她就會向小実告狀。」

大河的悄悄話讓竜兒語塞——她說得沒錯，亞美很有可能那麼做。

「蠢蛋吉，妳看！還可以玩暴露狂版的竜兒喔！」

「喔！」

大河當著亞美的面，將竜兒的T恤捲到連性感黑乳頭都曝光的位置——

「……我才不要。」

亞美轉開視線，狠心地加以拒絕。竜兒當場倒在沙發上——真是太傷人了！可是大河依舊毫不氣餒：

「不管啦、不管啦、不管啦！蠢蛋吉也要加入！人家想要蠢蛋吉也加入！好嘛、好嘛！一起玩嘛——！」

「啊唔啊唔啊唔啊唔啊唔……」

大河對著翹腳坐在沙發上的亞美小腹使出貓咪攻擊，用臉拚命磨蹭，摟著她不停搖晃。眼睛半睜的亞美還是一臉想睡，想推開大河的手也使不上力，心不甘情不願地任由大河擺佈。大河像小孩子撒嬌一樣搖晃亞美，突然抬起臉低聲說了一句：

「模仿秀·連續一百五十種……」

「啥……！」

啪！亞美的眼睛總算完全睜開。

「好啦、好啦、好啦！……放到網路上……一起玩嘛、一起玩嘛！……讓妳丟臉……好嘛、好嘛，可以吧！……永不消失的檔案……」

清醒的亞美抓住大河的腦袋，把她從自己身上拉開。

「煩死了——！我知道了啦！我配合總可以了吧！快住手，我會暈啦……」

亞美粗魯地抓抓頭，瞪向大河與北村，就連竜兒也遭到池魚之殃。

「……你們要嚇唬実乃梨逗她開心，幹嘛非得把亞美美扯進來啊……真是討厭耶、煩！祐作，把紙筆拿過來。」

亞美使喚青梅竹馬拿來原子筆，開始在紙上畫地圖：

「這邊是我們所在的別墅、這邊是可以看到海灘的海灣……」

「字真醜……」

亞美不耐煩地瞪了喃喃自語的大河一眼：

「這邊是陡峭的岩岸，裡頭有洞窟，可以容納兩三人進去……洞窟還滿大的，不過陽光照不進去，可以站立的地方也不大，而且海水會流進去，我們就帶手電筒進去試膽量……類似這樣的驚嚇方式，應該可以製造出恐怖效果。」

喔……昏暗的客廳傳出一陣小小的鼓掌聲。

「亞美不愧是地頭蛇！」

「要想壞點子，沒人能出川嶋之右！」

「我才不是地頭蛇……怎麼好像都是在說我的壞話……？」

亞美不爽地瞪向男子軍團。大河摟著她的肩膀，拍拍她的背：

「幹得好！我准妳進來我家，愛對我的寵物小鸚做什麼都行！」

「什麼妳家？那是我家、是我的寵物小鸚吧……」

「做什麼都行……逢坂，這是怎麼回事……？」

「誰、誰要對那隻醜不啦嘰的禿鸚鵡做什麼啊……」

傷腦筋的亞美一臉不悅，可是一瞬間又盯著竜兒……沒有加入友人的騷動，表情似乎在思考另一次元的事——就像一個難以理解的普通女孩。

＊＊＊

花了不到一個小時的時間，商量完洞窟試膽計畫之後，亞美與北村各自回到自己的房間。至於竜兒與大河——

「我說妳啊，上廁所自己一個人去就可以了吧……」

「因為很暗嘛！」

竜兒陪著大河去上廁所，所以比北村晚了一點才上樓。兩人在竜兒房門前告別，竜兒一個人回到黑漆漆的房間……

「睡覺吧……」

睡意有如海浪斷斷續續湧來，竜兒拉起不復溫暖的毯子，正準備要躺在床上——

「……這是什麼！」

忍不住放聲大叫，從床上跳起來。自己若無其事觸摸枕頭的手上好像纏到什麼東西——有如絲線般細長，還有一種……滑溜的感覺？

總之先開燈再說。竜兒已經習慣黑暗的眼睛藉著隱約的光線看到——

「唔……」

不禁因為幾分怪異而僵住。

竜兒的枕頭上鋪著自己帶來的毛巾，毛巾上面有好幾根長頭髮——而且不是很多，更多了一分異常的真實感，就像是剛才有一個女人睡在這裡。舉起摸到頭髮的手一看，發現手上還牽有黏答答的透明絲線。生理上的厭惡感讓竜兒反射性地想吐，趕緊飛快下床拿起面紙用力擦手。

那個長度一看就知道不是竜兒的頭髮。再說稍早起床的時候，床上也沒有這種東西——

不對，之前起來並沒有開燈。

這樣說來，那到底是什麼時候……？

沒有人能夠解釋湧上竜兒心頭的疑問，只感覺到背後一陣發麻，不由自主屏住呼吸。窗外是波濤聲……風聲……

……等等，這沒什麼了不起。是的，沒什麼好在意的。頭髮一定是老早前就在那裡。一定是我弄錯了，帶到泰子用過的毛巾，那是泰子的頭髮。至於黏答答的東西……一定是我的……口水。這樣一切就解釋得通了！

竜兒假裝平靜，同時往後退出房間……搞不好是大河的頭髮？我不清楚她怎麼辦到的，總之就是大河使用某種方法，把頭髮放到毛巾上面。不管怎樣都好……竜兒不斷重覆，好像想要說服自己，腳下快步離開房間。目標是隔壁——大河的房間。竜兒連敲都沒敲，就一把打開門……

「大、大河、妳、是不是、我房間……咦……？」

「竜兒……」

房間裡燈火通明，大河站在那裡，還沒上床睡覺。

「竜兒，這個……你認為是什麼……？」

大河自然地躲到竜兒身後，伸手指著地上那件脫下亂丟、連折也沒折的連身洋裝。

「那個……不就是妳脫下之後亂丟的衣服嗎？我老是叫妳要掛好……」

「不是！我……沒穿那件。我打算明天穿，所以折好收在背包裡……」

「妳、妳記錯了吧……？」

「我也是那麼想，正準備把衣服撿起來……溫溫的……好像有人剛穿過才脫掉……還有……那個……」

大河的手指緊緊抓住竜兒的T恤，竜兒卻覺得她是抓住自己的心臟，自己根本動彈不得。脫下亂扔的連身洋裝四周，還留有濕漉漉的足跡，那不是普通的水，是腳形的黏液。

「我、我房間也有點怪怪的……好像有人睡過我的床……而且，我的枕頭上也有黏黏的東西……」

「……」

房間一片寂靜。只聽得見海浪來回，就好像不斷重複的持續低音——

「咦！」

窗子突然晃動。

應該是風吧？大河嚇到坐在地上。竜兒也好像變成木頭人，忘記伸手拉她。

感覺到了——有東西，這裡有什麼東西。大河像貓一樣轉頭看向空無一物的空中，四處東張西望，靠著牆壁拚命地想要起身：

「好、好討厭的感覺……有誰待在這個房間裡……你、你不覺得怪怪的嗎？」

大河拉著竜兒的手打算從打開的房門走到走廊——乒！房門突然從外頭關上。

「……！」

大河往後跌倒，旁觀的竜兒也是兩腳無力，站都站不穩。兩個人靠在一起，僵在牆邊。

「這這這這是夢？對，沒錯！是夢！竜兒！」

「沒錯，是夢！是生下小狗、住在狗屋那個夢的延續！」

「我們只要閉上眼睛，過一會兒就會從夢裡醒來了！」

「會醒來、會醒來！」

——兩個人拚命閉上眼睛。兩人的身體不住顫抖，感覺好像只要睜開眼睛，就會發生什麼詭異的事……

5

「好累……」

「嗯……」

晨光照進廚房，兩個大小身影面對面，悶悶不樂地盯著桌上的麵包袋。

他們打算做三明治當早午餐，昨天也買了火腿與生菜……

可是手卻動不了——竜兒頂著睡眠不足、充滿血絲的眼睛，眼神看來比平常還要可怕三倍；坐在椅子上的大河頭髮也是亂糟糟，臉也沒洗，只是勉強換了一件衣服，茫然的視線投向窗外。

兩個人都沒睡飽，現在非常、非常、非常想睡覺。

昨天晚上搞到最後，兩個人也沒辦法再待在房間裡，一點小聲響就嚇得兩人手牽著手下樓，打開燈、打開電視「今天晚上不睡了！」、「熬夜熬夜！一天不睡也沒關係！」於是就看新聞看到早上六點。

竜兒記得自己曾對大河說過「我們去海邊散個步吧！」，「好啊！」大河也記得自己同意了。可是回過神來，兩人不知幾時已經趴在餐桌上半夢半醒。竜兒剛才因為手臂被自己的頭壓到麻痺而醒來，搖醒以同樣姿勢睡在旁邊的大河。現在的時間是早上七點整——

窗外是一片清爽燦爛的早晨海灘景色。萬里無雲的晴空下，一早的平靜大海波光瀲灩，沙沙的海潮聲更是澄淨聽覺。這個時間最適合牽隻黃金獵犬到沙灘漫步，可是這裡根本沒有黃金獵犬這種高級狗，只有睡眠不足的雜種狗和老虎，頂著呆呆的蠢臉面面相覷。

竜兒揉揉眼睛，以來路不明的恍惚老頭語調呼喚大河：

「吶～～喂～～還是很想睡……我們就別管早餐，回房睡覺吧……」

「嗯啊～～」抬頭回應的大河也很恍惚：

「這樣好嗎……真要去睡的話，可能到了下午也醒不來……」

「也對……妳說的沒錯……」

竜兒扭扭脖子，僵硬的肩膀肌肉發出「喀喀！」不像十七歲男生該有的聲音，身體因為以奇怪的姿勢睡著而渾身痠痛。雖說睡眠時間很短，不過也算是有睡……他帶著一臉睡眠不足的呆樣，重整腦中的記憶。

他想了一下──昨晚那件事，一定是哪裡搞錯了，根本用不著那麼害怕嘛──早知道就好好地在床上睡覺。

一定是我一開始就帶到髒毛巾，上面原本就有泰子或大河的頭髮；大河的衣服應該是洗完澡亂翻包包拿出來的；而那個黏答答的液體……是大河的腳汗。

啊──竜兒打了個大呵欠，勉強自己起身：

「好，做三明治吧！再用一點剩下的咖哩做咖哩濃湯。」

「濃湯？好像很好吃……」

說到這裡，竜兒的幹勁就來了。他在大河面前打開麵包袋，以瘋狂的眼神盯著麵包。他不是對麵包有什麼變態嗜好，只是用乾眼看著麵包……好像有點不對勁──

「我到底在做什麼啊？一直盯著麵包也沒什麼意義，得去準備佐料才行。」

果然還沒睡醒。

「佐料？」

「對……水煮蛋切碎之後拌上美乃滋，還有……我們好像有鮪魚罐頭？然後是生菜、番茄、火腿……妳也來幫忙吧。妳要做哪一種？」

「坐在這裡給你精神上的支持。」

這傢伙！竜兒充滿血絲的眼睛射出凶光，瞪著大河的白皙臉頰——

咚咚咚咚！走廊傳來輕巧的腳步聲。

「嗯？咦——？你們已經起來啦？大河，早安！」

実乃梨現身了——

她隨著一片亮白眩目的光線出現，用頭巾包住瀏海，露出光滑的額頭，看樣子是剛洗好臉，渾身散發洗面乳的香味。順手一推，把大河的鼻子壓成豬鼻子……

「唉呀——高須同學！你已經在幫大家準備早餐了嗎？昨天的晚餐是你做的，我還打算今天早點起來做早餐……結果還是被你搶先一步！」

身上穿著T恤加短褲的睡衣打扮，一大早的実乃梨就是滿臉笑容。

「呀——天氣真好！」

実乃梨對著竜兒擺出漂亮的芭蕾Y字抬腿動作代替早安——

「呃……嗯……」

對此刻的竜兒來說，要他拿起輕輕麵包袋都很辛苦了，一大早突然看到実乃梨，簡直是耀眼過頭。

「咦?怎麼你們兩個的臉色好像不太好喔?睡不著嗎?」

「啊、嗯……是有點睡不著……」

「我們看了一整晚的電視……」

「咦——?怎麼又來了!還好吧?身體有沒有不舒服?」

大河搖頭回應，緊緊抱住実乃梨，看來她已經切換成「撒嬌模式」。在內心吶喊「我也想撒嬌啊!」的竜兒只能在一旁羨慕&乾瞪眼。

好乖!好乖!実乃梨撫摸大河的背，充滿憐惜地拍拍她的腰際。突然想到，對了——

「你們兩個去沖個澡吧?這樣會比較清爽喔!亞美和北村同學好像還在睡。」

「啊——」大河聽到実乃梨的提議，一臉嫌麻煩地皺起眉頭，可是突然停止動作。轉頭以不可思議的安靜眼神看著竜兒的眼睛:

「我還是去沖個澡好了。小実，妳的毛巾借我。」

「這個?這是洗臉用的喔?而且我用過了耶!」

「沒關係，妳代替我當竜兒的小幫手吧！」

「高須同學要讓大河先洗嗎？」

「咦？我……」話還沒說完，大河就粗魯地打斷竜兒猶豫的回答：

「竜兒洗過之後，水面會浮著一層毛和油，我才不要！」

難不成我是半年才洗一次澡的笨狗嗎？不過大河根本不理會竜兒的反駁，逕自拿下実乃梨脖子上的毛巾，離開廚房。這傢伙明明就不是一大早會沖澡清爽一下的類型……竜兒凝視大河的背影——

「那麼！就由小的櫛枝來代替大河，當你的小幫手——！」

我懂了，原來如此！這是大河的幫忙，讓我可以和実乃梨兩人獨處……原來她偶爾也會幹出這種好事，真是叫人不能小看的傢伙。

「這個——接下來呢？你打算做什麼早餐？現在要處理什麼呢？」

微笑的実乃梨瞇成新月型的眼睛看向竜兒手邊，頭髮的香味飄進竜兒鼻尖。唉呀呀——

竜兒的手不禁一顫：

「那……那麼……我去弄水煮蛋，櫛枝可以幫我把洋蔥切成薄片嗎？」

「收到！做什麼用的？」

「三明治的佐料。」

「哦，DOICHI嗎？讚喔！」

看來実乃梨沒將竜兒的緊張擺在心上，自言自語「偶對英文最頭痛啦！」（正在模仿2年C班的土井同學，大家都叫他「DOICHI」（註：土井的日文發音為DOI，綽號「DOICHI」與三明治的日文發音接近）速速洗完手之後抓起一個洋蔥，俐落的用菜刀去頭去尾，剝下外皮丟進垃圾袋，配合嘴裡的歌聲開始切片。

「妳還滿厲害的嘛……」

竜兒不知不覺變得坦率。咚咚咚咚……看到実乃梨以充滿節奏感的樣子使用菜刀的模樣，才發現在年齡相近的朋友裡，第一次看到有人這麼會做菜。一片一片切開的洋蔥全都呈現足以透光的薄片——不過還是不及竜兒的神手絕技。

「咦，你現在是在誇獎我嗎？耶！太棒了！」

「昨天收拾的手法也有相當的水準。這也是打工的關係嗎？」

「我從以前就會做菜了。因為爸媽都在工作，所以要做菜給很能吃的弟弟吃。」

「弟弟？第一次聽說妳有弟弟……」

「他可是熱血高中棒球少年喔！哈哈！你看、洋蔥好像透明內衣喔！」

微笑的実乃梨眼睛沒有離開菜刀。

「啊……好刺……眼睛好刺、好刺啊～～」

眼淚流個不停，可是小実連擤鼻涕的紅鼻子也好可愛……

「差點忘了……生菜得先過水才行……」

竜兒無法正視她。真實的実乃梨就站在自己身邊幫忙，讓竜兒開心又害羞……旁人可能看不出來，竜兒可是一邊扭扭捏捏，一邊以華麗的手法剝開生菜呢！把剝開的生菜沖一下水，還把沖過生菜的水放在乾淨的水桶裡，絲毫不浪費。丟入一些冰塊之後，以單手快速擦拭流理台的水氣，另一隻手忙著調節水煮蛋的火力……

「唉呀——話說回來，高須同學真的很會做菜呢！雖然之前聽大河說過，可是我真的很感動耶！昨天的咖哩超好吃的、剛剛處理生菜的速度我也比不上。想不到一個高中男生竟然知道生菜要先用水沖，真是太佩服你了！」

「是、是嗎？也不是什麼了不起的事……」

只要妳開口，我還可以秀一下小黃瓜、紅蘿蔔、白蘿蔔的雕花技巧喔……竜兒可是能用蔬菜雕出鳳凰的！

「不會啊，很棒呢！高須同學做事這麼牢靠，我覺得很棒呢！呵呵……班上同學都不知道高須同學也有這麼一面吧？只有大河、我和亞美知道，感覺有點……怎麼說？優越感！」

呀呼——！竜兒在心中大叫，外表卻只是對著実乃梨聳聳肩。她把我說的太好了，這是打算憋死我嗎？

「當高須同學的老婆一定很幸福！」

——最後一擊！

「啪！」打開鮪魚罐頭，調整水煮蛋火力的竜兒只回了一句「妳在說什麼啊！」事實上心裡的那個竜兒，早已經死了。

「櫛……櫛枝兒！」

「怎麼啦？高須兒！」

竜兒拚命吞下脫口而出的驚叫聲，心想「我剛才說了什麼！」晚了幾秒才發覺自己出醜了，更加沉不住氣——

「關、關於昨天的事！」

我在說什麼？連我自己也不知道我打算說什麼！理所當然也不知道後面該說什麼……竜兒慌張地閉嘴。怎麼辦、怎麼辦？沉默的感覺真恐怖……怎麼辦？

在慌亂的竜兒身旁，実乃梨將透明的洋蔥和生菜擺在一起，用水沖洗的同時開口說道：

「高須同學，關於那件事啊……」

実乃梨接著竜兒的話繼續說下去。黑眼珠窺視竜兒的臉，食指擺在唇邊壓低聲音：

「那件事情，不要告訴任何人喔！那些話我從來沒有對人說過，昨天的情況有點……該怎麼說……太大意，一不小心就失言了。」

眼睛流露溫和的笑意：

「雖然失言，不過幸好對方是高須同學……謝謝你聽我說。」

「櫛枝……」

兩人在不知不覺之間四目相對，竜兒瞬間了解在実乃梨的眼神裡，除了微笑之外還有些什麼。時間像是突然停止……

「呃！唔哇哇哇哇！蛋！」

咻哇！鍋子發出聲響，裡頭的熱水溢了出來——滿溢的沸騰熱水澆熄瓦斯爐火。兩人趕忙關掉開關，確認瓦斯有沒有外洩。

「這樣沒問題……吧？」

「嗯，應該……」

拿抹布擦拭瓦斯爐的兩人一個沒注意，距離靠得太近——「哇啊！」想保持距離的竜兒連忙準備向後退——

「真是笨手笨腳的～高須兒真可愛！」

突然說出這種話的実乃梨臉上，露出叫人心蕩神馳的無邪笑容。

「～～～！」

竜兒一句話也說不出來。他不想讓実乃梨看到自己紅到快噴出火的臉，加上他覺得実乃梨是在捉弄自己——

「……痛！」

——拍了実乃梨的肩膀一下，這可是他第一次觸碰喜歡的女生。実乃梨也「嘿嘿嘿！」笑得花枝亂顫。

＊＊＊

「接下來就按照計畫行事。」

僅穿著一條泳褲，肩膀掛條毛巾的北村快速說完，然後快步帶頭走開。竜兒與大河彼此微微頷首，各自抄傢伙——那些東西乍看之下只是要帶去海邊的三明治、飲料和毛巾，其實手電筒、亞美的手繪地圖，以及各式各樣祕密道具都隱藏在透明包包裡。

和煦朝陽照在別墅的客廳——

「喔，等我等我！」晚一步出現的実乃梨身穿連帽上衣&五分褲、腳踩海灘鞋、鞋帶上還有一朵花。她走到大河身旁，紮在後腦勺的馬尾隨著她的動作晃來晃去。就在那一秒，竜兒聞到実乃梨身上的防曬乳香味。

竜兒的打扮是弄濕也沒關係的T恤及泳褲——順便說明，他之所以特地穿上T恤，是不

想自己的身材被拿來和北村比較。大河則是在假奶泳裝外面套上一件白綠格子相間的輕飄飄棉質連身洋裝，雖然肩帶下面露出整個雪白背部，竜兒還是暗地裡想著：「妳會不會穿太多了？八成是不想和身穿泳裝的亞美站在一起吧？」完全忘記自己也是半斤八兩。

「咦？川嶋呢？」

「亞美還在樓上，她說要再塗一次防曬乳。我跟她說過要出發了，她要我們先過去。」

「可是她不是說要去拿遮陽傘嗎？一個人拿得動嗎？我去看一下。」

竜兒要実乃梨和大河先走，一個人跑上樓梯。海邊──其實也只是走下木造陽台，讓她們先去應該不會有事。

竜兒打算幫亞美拿遮陽傘，可是左看右看都找不到，於是來到亞美房間前面敲敲門：

「喂，我來幫妳拿遮陽傘，東西在哪裡？」

房裡傳來「在裡面，你進來拿吧！」的回答。真是個厚臉皮的傢伙！竜兒扭開門把，進入房間之時──

「遮陽傘在那邊。」

「妳、妳在做什麼？」

「在欣賞啊！」

發現一名泳裝自戀狂（還是該說笨蛋）！站在穿衣鏡前面的亞美心滿意足地笑著，一下子撩起頭髮、一下子放下。竜兒盡量和她保持距離，不做任何接觸，準備偷偷接近目標物・遮陽傘——

「你覺得這件泳裝怎麼樣？」

蠢蛋亞美冷不防地轉頭，對著竜兒搔首弄姿。丹寧比基尼加倍襯出肌膚的雪白，八頭身的身材不用說，當然是搶眼到了極點。

「……很好啊！」

「啊——？只有這樣？」

很好就是很好，還能說些什麼？竜兒當然也有想到除了「很好」之外的形容——譬如「從胸部到屁股，描繪出誘人的S曲線」、「雪白腹部的線條，有如大理石女神像一樣美麗」、「如果以這身打扮刊登在坊間寫真雜誌的封面，鐵定馬上榮登首席偶像寶座」、「總之就是美到教人連讚嘆之聲都發不出來」可是真的把這些想法說出口，通常都會被冠上「性騷擾」罪名吧？

「嗯——是因為比基尼在游泳課秀過的關係嗎？你覺得不夠新鮮？」

任性的亞美偏著頭，露出為難的表情⋯

「不過，這裡這邊可以拆下來喲？」

「哦！」

亞美把比基尼上半身的繞頸式綁帶拆下。到底是哪裡可以拆下來?!就在害怕大叫的竜兒眼前，亞美的胸部似乎不把竜兒看在眼裡，「啵喲!」不停彈跳。

「這樣子會不會比較好——?」

亞美的比基尼變成裸露程度更上一層樓的無肩帶式。牛奶色乳溝清楚可見，亞美打算照鏡子而往前傾身，柔軟豐滿的胸部呼之欲出。

「裝回去!裝回去!」

大叫的竜兒感覺到一陣近乎恐怖的感覺。

「為什麼?」

「不要管!」

「那……我裝回去囉♡」

「快裝!」

越說越激動的竜兒趕緊往遮陽傘飛奔。我還是快點把遮陽傘拿出去吧!和這女人獨處真是太危險了!即使知道她的天使笑容、水汪汪的吉娃娃眼神都是假的，可是危險的東西還是危險!快來人、幫我在她的屁股上貼個「危險勿近」吧!

「高須同學真是的，好冷淡喔~~」

亞美嘟起嘴巴「哼!」的一聲裝出鬧彆扭的表情轉頭，可是一瞬間又瞄了竜兒一眼，眼神中帶著試探意味的壞心眼：

「可是有時又很溫柔……」

當然很溫柔，因為我可是善良的人。竜兒也很乾脆地改變態度：

「喔喔，這真是多謝了！妳也別再自戀了，快點準備準備。我先走一步囉！」

「咦——？你的語氣是怎麼回事？」

不喜歡這種語氣？那我換一個吧。「嚕♪嚕♪」竜兒緩緩哼著歌，站到亞美的鏡子前面、上下撥弄短頭髮、一直盯著自己的臉、轉個圈，那副模樣就連自己都起雞皮疙瘩，但這就是亞美的行為。然後趁勝追擊——

「喂，川嶋，我這件泳褲怎樣？適合我嗎？」

竜兒撩起Ｔ恤，露出沒特色的４９８０圓泳褲。眼看著亞美的眉毛皺在一起，嘴邊開始抽動，天使美貌露出恐懼的表情。

「如何？很討厭吧？很難搞吧？可是這就是妳啊！」

「……高須同學，你的所作所為是學掌中老虎的嗎？」

「這裡可以脫喔！」

「脫個屁！」

竜兒原本就沒打算要脫，只是把手擺在泳褲的釦子上……亞美立刻衝過來壓住竜兒的手，阻止他的動作。臉上沒有任何表情，只是用淺色眼瞳瞪視竜兒，諷刺地揚起嘴角：

「……你再用那種態度對我，我今天就不幫你囉？」

踩到竜兒的痛處了。幫我，當然是指驚嚇実乃梨作戰計畫。竜兒連忙拉住亞美：

「別說那種話啦！」

「哇！馬上變臉了！」

唔！竜兒為之語塞。看到他的表情，亞美又戴上天使假面，露出悠哉的笑容：

「我就趁這個機會直接了當問你……高須同學，為什麼那麼想讓実乃梨開心？」

「……」

「說嘛，為什麼呢？該不會有什麼不能回答的原因吧？」

眨眨水汪汪的大眼睛，一腳踏到竜兒胸前，擺出「你沒回答就不讓你走」的態度，怎麼逃都會被追上。答案妳早就知道了吧！早就知道答案，卻想要竜兒親口說出來？然後打算好好玩弄我嗎？應該沒錯吧？

「說嘛、說嘛、叫你說嘛！不說我就不幫你囉！倒數十秒！十、九、八、七、六、五、四……喂喂、真的不說嗎？三——、二——、一……還是不說嗎～？」

「……」

竜兒緊咬牙根，不能說，不想說，不能對亞美這種女人說出心中的祕密。而且最重要的是，她假裝開玩笑的模樣威脅我，可是我一點也不希望自己對実乃梨的心意成為她談笑的話題。我的堅持或許很無聊，可是我無法不堅持。

瞇起眼睛的亞美像是在瞪人，又像是在微笑，站在竜兒面前仰望他——

「……零。幫忙？別想！」

亞美突然離開，竜兒總算恢復自由身。亞美甩過頭髮轉身，拋下竜兒一個人離開房間。

竜兒抱起遮陽傘趕緊追上去，然而亞美一次也沒有轉頭。

耀眼的盛夏陽光、驚人的熱氣……

在光是碰到就會燙傷皮膚的灼熱沙灘鋪上海灘墊，立起遮陽傘加以固定——

「呀呼——————！」

実乃梨身先士卒甩開海灘鞋，朝著蔚藍大海全力衝刺。一邊踢著沙子，一邊脫下連帽上衣丟在附近，一口氣跑向閃耀著水花的白色浪邊。

「預——備！」

真是驚人的側翻跳躍！喔——！在大叫出聲的竜兒面前，実乃梨大力一踩，高高跳起再直接坐入水中，任由波浪席捲。

「啊哈哈哈哈哈！水跑到眼睛裡了──！」

噗哈！実乃梨把頭探出水面，孩子氣地揉揉眼睛，然後對大河招手：「快來──！」這副模樣的実乃梨，簡直就是夏日女神。

連帽上衣下面是格子花樣的比基尼！水滴濺上擦了防曬乳的肌膚，處處反射耀眼光芒，実乃梨在碧藍海水裡閃閃發光。盛夏艷陽下的她只要大力揮手，包裹在運動型泳裝（是叫這個名字嗎？）中頗具分量的胸部也跟著活力十足地晃動，緊緊攫住竜兒的視線。她在意的肚子周圍以平口泳褲遮掩，可是還是看得到漂亮緊實的小腹，還有美麗的縱長型肚臍。

另一方面，坐在海灘墊上的竜兒旁邊、承蒙女神呼喚的大河卻皺著眉頭，不高興地口中唸唸有詞。陰鬱的身體縮成一團，躲藏在長長的連身洋裝下面，完全隱身在遮陽傘的陰影裡，還拉過長髮遮住臉──和実乃梨的活力相比，這個落差實在是太大了。

「妳怎麼了？又肚子痛了嗎？妳看，櫛枝在叫妳喔。」

「嗯──不是啦，因為……」

大河不安地從連身洋裝外面搓揉自己的平胸。

「我擔心……假奶墊……會被海浪捲走……」

「快住手，太難看了。」

竜兒按住大河的手，用力點頭：

「這妳不用擔心，我已經記取上次的失敗教訓，這次不用暗扣的方式，改成縫在泳裝上面，所以一定沒問題的！」

「這也沒問題，因為大家都知道。沒有人會叫妳來個水上芭蕾的。」

「……還有……我不會游泳……」

「這、這是我第一次下海……」

「這也……啊！真的嗎？」

忸忸怩怩的大河用力蹂躪連身洋裝的裙擺，一邊點頭一邊撥弄沒穿鞋的腳趾。她躲在遮陽傘下面——想去，可是大海好恐怖……想去，可是穿泳裝好丟臉……全身上下發散著猶豫不決的氣息，真是拿她沒辦法。竜兒推推她的背，將她推到太陽底下——

「一切都不會有問題的！快去吧！今天是妳的海水初體驗，擦上防曬乳吧！」

「……溺……溺水怎麼辦……？」

「櫛枝會救妳。」

「……海浪不恐怖嗎？」

「妳比較恐怖。」

竜兒要畏畏縮縮、扭扭捏捏的大河高舉雙手，一把拉下她的連身洋裝——穿著紅色碎花連身泳裝的大河，白皙的纖細身體好像快要在遮陽傘的陰影裡溶化。兩人前天在車站前大樓纏鬥三個小時、吵吵鬧鬧傷透腦筋，總算買下這件XS尺寸的泳裝。這個花色配上大河的白皙肌膚顯得很好看，就連竜兒都覺得穿起來很合適。

竜兒遞過防曬乳「別曬黑，全身都要塗到喔！」、「啊，那邊漏掉了。」、「脖子也要塗！」、「喂、背後沒塗到！」、「很好！塗好了！上吧！」為大河大聲助陣。忸忸怩怩的大河四處尋找北村的蹤影，確認對方沒在看自己（為什麼要那麼在意？）趕緊紮起頭髮，大步往実乃梨所在的浪邊前進——

「好冰！」

大河好像不小心踏進過熱的澡盆，腳一碰到海水就跳了起來，以充滿怨恨的眼神瞪著靜靜靠近的波浪。大河果然是貓科動物，才會這麼不諳水性……可是老虎應該會游泳吧？

至於北村現在在做什麼呢？他正在距離這裡稍遠處和亞美為了某件事情爭執。海浪聲中偶爾可以聽見——

「按照計畫是我和妳一組……」

「咦～～？哪有這樣的～～人家很累不想去啦——」

「妳不去的話，我就不知道裡面是什麼情況了啊？」

「我不是畫了地圖給你了嗎？你自己去有什麼關係！很麻煩耶～～」

——按照原本的計畫，大河和竜兒負責絆住実乃梨，北村與亞美趁著這個時候進入洞窟，裝設各種嚇人機關。可是就如眼前所見，亞美不斷說著「沒力！」、「麻煩死了！」、「很累耶！」甚至懶得對北村擺出做作女的姿態。

「人家要睡午覺了。很抱歉，祐作就一個人加油吧！我PASS，別找我。」

亞美不再多說什麼，一個人回到遮陽傘底下，優雅地躺在竜兒旁邊……

「唉呀，你聽到了嗎？不過你也沒什麼好抱怨的吧？這是高須同學的選擇嘛～」

那張笑臉仍然完美可愛，眼睛看著下方低聲說道……

「如果你說無論如何都希望我幫忙的話，我們可以從問題那裡再來一次喔？騙你的～反正人家本來就對你的答案沒興趣。」

「……」

放個屁送給她吧。

想歸想，但是屁又不是說想放就會有的。無視亞美的竜兒起身，走向傷透腦筋，正在想辦法的北村。

「那傢伙沒救了，我和你一起去吧！」

「亞美真是的……沒關係，高須就待在這裡吧！我和亞美一起還可以說是別墅的電源開關有問題，只有亞美處理不來，所以我也過去幫忙。可是和你一起消失就很可疑了。我還是一個人去吧！」

「……沒問題嗎？」

「機關都已經準備好了，應該可以輕鬆奏效……喂——！櫛枝——！逢坂——！」

怎麼——？隱身浪花之中的実乃梨以率直的聲音回答，一邊拉著戰戰兢兢的大河手腕往海裡走。

北村從丹田發出響亮的聲音：

「我要上大號——！」

実乃梨倒入海中，大河也被拖下水，一起沉入海裡。這樣子真的沒問題嗎？竜兒忍不住倒吸一口氣，不過看來好像沒問題。

「高須，後頭的監督任務就交給你了。」

北村朝竜兒敬了個禮，便朝別墅走去，準備偷偷去拿祕密道具。他打算讓大家看到他回別墅，再從別墅後面前往海灣。

北村剛走沒多久——

「哇啊——好鹹喔！話說回來，北村同學是怎麼一回事？一下子全裸、一下子發表上廁所宣言，這是哪門子的宣傳呀？」

「好累……」

一身濕的実乃梨與大河手牽著手走回來——大河不久之前才接觸海水。

「妳不是才剛去嗎?累什麼累啊?」

「被捲到海浪裡面，在沙灘上轉了五圈，任誰都會累吧?」

眼前的血紅貓眼惡狠狠瞪著竜兒，差不多快要噴火了。

這麼說也對……竜兒不禁無言以對。実乃梨與大河兩人在他面前拿起帶來的寶特瓶茶飲大口補充水分。実乃梨戳戳亞美的肩膀：

「亞美一起去海裡玩嘛!還是妳已經不行了?累了?」

実乃梨一臉擔心看著亞美的雪白側臉。

「嗯……好……我等等過去。」

亞美隨口回答，臉上還不忘戴著一層微笑面具，委婉拒絕実乃梨。大河任由茶水從下巴流下（因為是泳裝，所以沒關係），一直盯著亞美的臉，然後好像想到什麼：

「……蠢蛋吉，游泳給我看。」

大河把手伸向亞美雪白的背部，大力搖晃。

「啊?為什麼我要做那種事?不要，我想睡覺。」

亞美立刻把頭轉開，無視大河的要求。可是大河仍舊不認輸：

「有什麼關係啦?妳就和平常一樣以愚蠢又淫亂的姿態取悅我嘛!」

「妳……算了，誰理妳啊，把妳當一回事未免太無聊了。」

「……妳吃吃看這個。」

大河用濕答答的手抓起三明治，塞到亞美嘴邊，無視亞美的反應，用力塞進她嘴裡。

「哎喲，妳幹什麼啦！吵死了！我吃就是了！」

不耐煩的亞美起身奪走大河手上的三明治，自暴自棄地大口咬下——

「啊，亞美，那個……是我自己要吃的特製……」

「看小実在吃好像很好吃，所以我想知道味道怎麼樣……」

「……啊咕呼咕……唔咕……」

亞美痛苦得快要暈倒。自她手上掉落的三明治，被黃芥末染成黃色……真是一片黃。亞美不停咳嗽，一口氣喝乾烏龍茶之後總算恢復呼吸。然後低著頭搖搖晃晃起身——

「高……高須同學……你來一下……」

用力抓住竜兒的手臂，拖著竜兒往浪邊走。

「我、跟我有什麼關係？妳別遷怒我！」

「囉唆！給我閉嘴！那個臭小不點老虎的惡行……都是你的錯！都是你！」

亞美出奇不意踢了竜兒的屁股一腳，竜兒翻身摔進海裡，隨著海浪在沙灘上轉圈、轉圈、轉圈……眼前上下左右都是雪白的浪花，根本分不清方向，最後還是想辦法抓住沙子才好不容易起身。接著実乃梨成了亞美下一個洩忿目標——

「実乃梨，我有個很棒的提議喔！」

亞美微微一笑，對実乃梨露出惡魔笑容。

「什麼提議？亞美——？」

「海灣那邊有個很美麗的洞窟，是個很棒很棒的地方喔！大家下午一起去探險吧？應該說是散步啦，好不好？」

「喔——好像很好玩的樣子！一起去吧！」

亞美壓抑恨之入骨的表情，從旁協助計畫執行。接著她抓住大河的手臂：

「對了～逢坂同學，我游泳給妳看吧！順便還教妳游泳喔！」

「不、不用。不用、不用、不用……跟妳說不用！等一下、蠢蛋吉！我不會輕易放過妳的！不要！我說不——要！竜兒救我！」

亞美拖著驚慌失措的大河，踏過海浪不斷打來的浪邊，一路拉著她越走越遠。

永別了，大河——當然是開玩笑的，附近的深度頂多只到大河的肚臍而已。

＊＊＊

在海邊玩了一會兒，眾人回到別墅輪流淋浴、洗頭、換上乾爽的衣服，最後吃掉剩下的三明治與濃湯稍事休息。太陽總算移動到剛剛好的位置——
天色太亮出門，少了一股夏天的情調——既然這麼說，大家也就悠悠哉哉慢慢準備。
「啊——原來在這裡啊！這裡啊……」
從別墅出發，在海灘上走了十分鐘左右——
「是啊，就是這裡。」
「……」
実乃梨來回看著微笑回頭的亞美和洞窟入口，一語不發。
海灣是堅硬的岩岸，飽受海浪沖刷的巨大岩石一路延續到山邊，形成一片懸崖。黑暗的洞穴就像在懸崖下面開了一個洞——現在才說有點像是藉口，總之就是讓人感覺不太舒服的地方。
洞穴高約三公尺，寬約三公尺，從洞口看過去深不見底。而且洞口外面還立了一塊大木板，上面寫著「危險！」——其實只是北村擅自設立的牌子。
戰戰兢兢的実乃梨窺視洞窟，不由得從T恤裡伸手輕輕抱住自己：
「總……總覺得、散步……這、這看起來、像是、試膽大會……吧？這個、太危險……因為……啊哈哈……哈哈……我、我在這裡等你們吧……」
実乃梨說完之後若無其事準備轉身。北村伸手緊緊抓住実乃梨的肩膀——

「喂，妳在說什麼啊？」

被太陽曬黑的北村拉住実乃梨，硬是把她推到洞窟入口笑著說：

「這麼棒的散步景點，怎麼能夠錯過呢？一起創造夏天的最後回憶吧！」

「這、可是這……怎麼說……我會怕……這裡好像……怪怪的……好像會有什麼東西跑出來……這種回憶就免了……對不起，別進去啦，我是說真的。很危險、真的很危險喲！」

「我從小就在裡面玩，不用擔心。」

亞美的語氣顯得很輕鬆。北村的話裡多了幾分責怪：

「櫛枝，妳要是說那種話，真的會出現喔！」

語氣明白到不用問「什麼東西會出現」。北村盯著実乃梨，実乃梨的眼角不住抖動。

「我想妳應該心裡有數吧？妳說的那麼確定，另一個世界的東西就真的會出現喔！這就好像百物語（註：據說一群人晚上一起講鬼故事，講到第一百個時真的會出現鬼怪）一樣。」

「竟然對會怕的人說這種話……」

「所以妳只要認為不恐怖就好了啊！裡面真的沒什麼，這可是親眼見證大自然神奇的好機會呢！搞不好會有從沒看過的生物喔！」

「說的也是……生物倒是沒關係……」

竜兒與大河站在一旁，一邊嘆氣一邊聆聽兩人的對話——

「也許讓北村入夥是正確的決定。」

「他的說話技巧真是太棒了。」

是嗎？雖然竜兒有所存疑，不過眼睛閃閃發亮，面帶微笑的大河已經病入膏肓。話說回來，実乃梨無法拒絕北村的邀約也是事實。對実乃梨或許有些抱歉，可是事到如今，只有盡全力讓妳害怕了！竜兒僅存的機會只剩下保護驚慌失措的実乃梨。目前的情況與當初的計畫大不相同，但既然走到這一步，也只能拚命前進。

「很好——！出發吧！北村探險隊！我是ＲＥＤ、高須ＢＬＡＣＫ、櫛枝ＢＬＵＥ、逢坂ＰＩＮＫ、亞美也是ＢＬＡＣＫ！」

「哇——我是ＰＩＮＫ……」、「為什麼人家是ＢＬＡＣＫ！」、「妳那是膚色吧？」不過「ＲＥＤ」完全不理會他們大吵大鬧的聲音。

「各位都拿到手電筒了嗎？想見見黃金眼鏡蛇嗎？」

拿到了！隊員完全不理會後面的問題。每人手拿一支手電筒，打開開關，以有點靠不住的光線照向洞窟深處。通道的寬度大約可以容納兩名大人張開雙臂錯身，寬闊的通道一直延伸，海水有如小溪一般流入正中央的岩石凹槽。洞窟的寬度與高度都夠，走進裡頭應該不會有危險，不過卻擁有足以讓実乃梨害怕的深度與黑暗。

「部隊前進——！」

「唔，好黑喔……等等啦、北村同學！」

実乃梨害怕地跟在北村後面，大河與竜兒也迅速跟上。

「喂，川嶋，走囉！」

「……」

亞美跟在最後面。是是是……她故意嘆了口氣，懶洋洋地搔搔頭，跟在他們身後。

這個涼爽到有點冷的狹窄空間裡，只聽得到五人穿著海灘鞋走在潮濕岩石堆上的腳步聲，以及有如小溪的海水聲。

「……嗚……好暗喔——好窄喔——好恐怖喔……」

什麼都沒做，実乃梨就已經快哭了。她一邊彎腰環顧四周，一邊不安地往前走。

北村說的第一個機關快到了。竜兒以銳利目光看著左右，同時一手緊緊抓住大河連身洋裝的肩帶。一開始還「你很煩耶！」、「變態！」吵吵鬧鬧的大河，已經有過四次差點摔倒的經驗，也被竜兒拉起來四次，所以現在乖乖閉嘴。

大河的表情有些古怪，回頭看了竜兒一眼。快了吧——北村所謂的「第一關……有什麼東西飛過來了」。

他們沒問這是什麼意思，依照北村的說法：「這個機關可是活用物理法則，運用最少人力，足以獲得最佳點子獎的恐怖機械裝置」……聽到那麼誇張的說明，包括竜兒在內的人，內心都忍不住興奮狂跳——到底會發生多麼驚人的事？実乃梨會被那個恐怖機關嚇到嗎？

走在前頭的北村若無其事地對身後的竜兒投以意味深長的眼神，好像有什麼事情即將發生……竜兒的身體開始覺得緊張，看著前方。北村趁著実乃梨沒注意時，一腳鬆開岩石與岩石間的線，正前方有東西迎面飛來——應該是說利用鐘擺作用晃過來。「總覺得有點怪……」実乃梨邊說邊往左轉，那個東西便無聲飛過実乃梨的右邊——

「哇啊……！」

「啪！」打到竜兒身邊的大河臉上，又晃回來。

「唔……」

亞美在千鈞一髮之際躲開，安全過關。

「唔……」

然後就貼在竜兒的後腦勺上面靜止不動。

貼在竜兒頭上的——炸油豆腐×1、轉過頭臉部肌肉抽動的——北村×1。還有——

「哇哇！喔、嚇我一跳！這不是海參嗎！」

藏身岩石堆的——海參×1、看到海參而蹲下來的——実乃梨×1。

「我……我的臉……」

慘遭油豆腐狼吻的大河臉上一片油膩，連在一片黑暗中都看得閃亮油光。這太慘了……正要瞪北村一眼的竜兒發現大河的模樣，不禁「噗！」笑出來。完全忘記自己的後腦勺也是一樣悽慘。緊接著肝臟遭到寂靜的肘擊，竜兒無聲跪地……這些事情実乃梨統統不知道。

第一關……失敗。原來如此……竜兒想到一件事——或許北村的成績很好，可是本質上卻是一個無藥可救的笨蛋！「那就是丸尾的優點啊——♡」、「丸尾同學真可愛——♡」北村親衛隊的幻影在黑暗中躍動。

在蜿蜒的洞窟裡前進了好一陣子——

「喔喔！」

北村大叫——這是提醒大家第二關到了的暗號。在看過第一關的超遜表現，實在很難期待第二關的表現。不過按照北村的說法，名為「未知的溺死者」的第二關可是他最費心、費力、費時的一關。竜兒身旁鼓著腮幫子的老虎用力擠向前，看樣子這個傢伙似乎還是相當期待北村的嚇人機關。

聽到北村的聲音，実乃梨誇張地發抖轉頭：

「什麼？怎麼了、怎麼了？發生什麼事了？海參嗎？」

「不，不是！」

北村大叫的同時抓住実乃梨的肩膀，用力往前一推，実乃梨連忙慌慌張張地拚死用力定住穿著海灘鞋的腳。

「幹嘛、幹嘛！喂、等等！等等等等！」

可是北村完全不把実乃梨的抗議當一回事，毫不留情地將手電筒照向前方的岩石陰影，以宏亮的聲音大喊：

「妳看！那是什麼──？」

吵死了！亞美冷冷說完之後繼續沉默。

「嗯？什麼？什麼也沒看見啊？」

啊啊啊！抱頭的是竜兒和大河。為什麼？這是為什麼……唉、算了算了！

「不、不對吧……？看、那邊好像……有什麼，妳沒看到嗎？」

「嗯～～什麼也沒看到！對了，北村同學知道矯正視力要花多少錢嗎？我也在考慮是不是要配副眼鏡，最近遠處都看不清楚，春天作視力測驗還有0．5的……」

「咦？那根本就是近視了嘛！」

「真的嗎……？果然近視了嗎？啊──真討厭……目前上課坐的位置是沒什麼問題，不過我也在想繼續下去真的沒關係嗎……」

「這樣一來比賽也會受到影響吧？我覺得還是配個眼鏡或隱形眼鏡比較好喔！」

幹嘛扯到眼鏡的話題啊！竜兒已經無力吐槽了。他抓抓油膩膩的後腦勺，怎樣都無所謂了。

剛剛的油豆腐可是好好收在口袋裡面（竜兒隨時都會攜帶小塑膠袋）。

另一個讓竜兒覺得怎樣都無所謂的，就是擺在岩石陰暗處、北村做的溺死者——用廢棄舊漁網和舊床單做出的神祕人型決戰兵器……雖然說怎樣都無所謂，可是嘴巴為什麼要畫成○呢？看來根本就是另一種用途的……

「喂，大河怎麼辦？北村是個笨蛋耶！」

「不准說北村同學的壞話。接下來一定還有其他機關。」

大河皺眉瞪向竜兒，鬼鬼祟祟說著悄悄話。

「唉呀——不過話說回來，這個洞窟還滿涼快的嘛？」

如此說道的実乃梨完全忽略岩壁上單調到不行的紅色色塊——那是紅色油漆製作的第三關「消失不了的血漬」——大河發現実乃梨根本沒注意，也掩不住失望的心情……

「怎麼辦……」

竜兒已經無力嘆氣，也無力責備北村。北村之前這麼說：「襲擊櫛枝的三大恐怖機關！第一關讓她痛哭尖叫、第二關讓她失魂落魄、第三關讓她魂飛魄散！應該沒問題！」可惜亞美和我都沒參與機關製作。難道這趟洞窟探險，就要在這種氣氛下結束了嗎？難道我的夏天，就要在毫無重大進展的情況下結束了嗎？

接下來該怎麼辦才好？竜兒不自覺停下腳步挽起手臂開始思考。

「咦？高須同學，怎麼停在那邊？我們會拋棄你喔——哇啊啊啊啊！」

等候多時的実乃梨慘叫聲響徹黑暗洞窟。竜兒心想，該不會、該不會……

「抱、抱歉！高須同學……那個……在這種昏暗的地方，手電筒……還是不要從下往上照比較好……」

怎麼這樣！

竜兒只能呆立當場。什麼嘛，我的臉真的具備恐怖機關的條件嗎……

「嘎——哈哈哈哈哈——！」

実乃梨身旁的大河放聲大笑，笑聲猶如從地獄窺視人間的怪鳥。她一手指著竜兒、打從心裡露出詭異表情、抱著肚子、噴出眼淚，因為笑得太厲害而噎住「咳咳咳咳！」但是看到竜兒的臉，大河又再度「唔——噗！」笑出來。

「嘎哈哈哈哈！竜兒、你……說來真……嘎哈哈哈哈哈！」

「我、我最討厭妳了！哇喔！」

正在氣頭上的竜兒想要轉過頭不理大河，卻因為濕答答的岩石堆而腳滑，丟臉地跌個四腳朝天。

「哇！高須同學，你還好吧？小心一點！」

実乃梨趕忙接近竜兒，竜兒的臉頓時像噴火一樣灼熱，拒絕実乃梨伸來幫助他的手。就在他扶著岩壁準備起身時──

滴！

「……！」

手上有種潮濕的觸感，纏上好像細絲的東西……舉手用手電筒一照──

「咦……」

実乃梨後退倒在地上，連叫都叫不出來，只能趴在地上抱住大河的腳。竜兒伸出手指，嘴巴只是拚命張闔，同樣發不出聲音。

太好了！嚇到她了！現在可不是說這種話的時候，因為竜兒第一時間也嚇到了。手上的東西，是濕濕的長頭髮……纏在手指上、柔順滑溜、流下黏黏的水滴。這是什麼？幾分狼狽的竜兒終於想到──

北村這傢伙總算有個真正噁心的嚇人裝置嗎？不只嚇到竜兒，也嚇到実乃梨……難道還有第四關？像是「拔掉頭髮之後」之類的？

「高高高高、高、高須、同、同學……！那那那、那是……？」

「是頭髮吧……這是什麼啊，真噁心！」

竜兒揮手拋開糾結的頭髮，誇張地皺起眉頭，這時突然注意到——咦？這麼說來，昨天在枕頭上的頭髮……不也是同樣的觸感嗎？我沒告訴北村有關頭髮的事啊……

「啊……！呀！明明就很恐怖！很恐怖！這裡有東西！我們會被詛咒！啊——！」

竜兒還沒來得及說出心中那股奇怪的感覺，実乃梨就已經陷入恐慌。用力拍打岩壁大叫「讓我出去！」北村任由実乃梨去鬧，小聲地在竜兒耳邊說道：

「高須，幹得好！你準備得真周到啊！」

咦……？

瞬間好像有人當頭澆下一盆冰水。

全身的血液迅速退到腳底，臉和手指都像冰塊一樣冰冷。

「大、大、大……」

竜兒抓住大河的手和肩膀。「別隨便碰我！」大河甩開竜兒，馬上又被抓住。

「真是的，幹嘛擺出那麼恐怖的臉！」

「大河……剛剛、剛剛的頭髮……」

「嗯，看到了。北村同學總算弄出比較像樣的嚇人把戲了！看吧，北村同學果然能幹！」

「不，那不是北村弄的，而且我沒有告訴他昨晚的事。妳沒注意到嗎？那和昨天的一樣啊！就是昨天……在我枕頭上的頭髮！」

大河在黑暗中張開櫻桃小口，貓眼圓睜發出光芒——

「哇！大河，牽著我的手！我們一起走！北村同學為什麼要往裡面走————？」

「沒有啊，聽說這邊是出口，真的！」

一馬當先的北村哈哈大笑，抓住大河的実乃梨緊跟在後。一個人被留下的竜兒開始發抖

……不好，腳好像害怕到動彈不得。

「川、川嶋！」

竜兒發現走在最後面的亞美，拚命伸手呼喚她的名字。

「幹嘛？怎麼了？該不會是……你怕了？」

亞美只丟下這麼一句話。現在可不是為這種事受傷、生氣的時候了！

「別管那麼多了，我們一起走好嗎？」

「不・要！」

「為什麼！」

竜兒拋開自尊的要求，卻被亞美毫不留情的拒絕。「哼！」只見她一臉凶惡：

「唉——……已經夠了，這種愚蠢的騷動一點也不好玩又無聊，恕我不奉陪了。我已經說過不幫忙了吧？結果我還是幫了……陪你們鬧到這裡，也應該夠了吧？我要走其他路先回別墅去了。」

「等……喂！川嶋！」

竜兒想拉住她卻沒拉到。這下子該怎麼辦？竜兒看看北村他們，沒想到他才停下腳步一會兒，北村三人已經不見蹤影……竜兒這才知道自己已經被他們拋下了！既然這樣，能選擇的路只剩下一條——

「我和妳一起去！」

「什麼？等一下——你很煩耶——？你不是要照顧可愛的実乃梨，還有放心不下的掌中老虎嗎？」

「囉唆！」

竜兒說不出「因為他們棄我而去了！」只能一邊注意後頭的狀況，一邊跟著亞美走入一旁的岔路。

＊＊＊

「喂、喂……妳真的知道該怎麼走嗎？」

「知道啦！我小時候在這裡建造祕密基地，常常在這裡玩。」

亞美運用自己的長腿優勢大步前進，完全不把潮濕岩石、湧進通道的海水當一回事。竜兒只能跟在她的後頭，藏不住自己的不安情緒、靜不下心的他只能環顧四周，沒出息地不停追趕，深怕跟丟了亞美。

「北村他們不知道有沒有發現我們不見了？不曉得有沒有在找我們？」

「幹嘛這麼害怕？和大家分開這麼不安嗎？」

亞美突然停下腳步轉頭看著竜兒，她的眼睛反射手電筒的微弱燈光，有如星星閃爍。

「也不是，是……」

竜兒差點說出口。

因為昨天晚上的奇妙事件，還有剛才發生的事……竜兒附近確實有什麼詭異的東西……可是如果把這些話告訴亞美，也只是讓她更加害怕。和我這個靠不住的傢伙在黑暗中獨處，如果再聽到那些事情，怎麼可能繼續保持冷靜。

「——因為我有點怕黑。」

「是嗎？」

亞美像大河一樣抬起下巴，看向竜兒。這張臉真的很漂亮，無論怎麼窺探她的眼睛深處，都難以理解在裡頭蘊藏的心情。最接近正確答案的說法，或許就是挑釁了吧？

「那……如果我把你留在這邊自己走掉，你打算怎麼辦？」

亞美嘴邊突然露出壞心眼的笑容。

「會覺得恐怖？和我分開會不會不安？會感到寂寞嗎？」

「……啥？」

「回答我。高須同學不想和我分開吧？你需要我吧？」

亞美貼近竜兒，瞇起她的大眼睛，可是眼神毫不猶疑。鼻尖快要頂到竜兒下巴的亞美貼上竜兒的身體。不過很抱歉，竜兒此刻可沒那個閒功夫被亞美的攻勢耍著玩！雖說柔軟的肌膚觸感讓竜兒有點動搖，他還是推開亞美的身體：

「現、現在可不是做這種事情的時候！」

竜兒不停思考，該怎麼讓亞美知道兩人此刻正陷於詭異事件之中呢？怎樣才能不嚇到她，又能讓她了解現在不適合開玩笑？

「現在不是做這種事情的時候……？嗯——原來如此啊？你想說的是，我們趕快和大家會合，一起嚇嚇櫛枝，是吧～～？」

竜兒的用心無法傳進亞美心裡。被打敗的竜兒面前，美麗的亞美臉上出現略帶寒意的微笑，接著稍微前屈上半身，食指按在嘴唇上，擺出抬眼上看的必殺姿勢說出意想不到的話：

「我覺得実乃梨不適合高須同學喔～～！」

「為……我又沒……那種……幹嘛突然提這個！」

「動搖囉！」

「嘻嘻！」亞美在發出邪惡笑聲的同時，轉身背對竜兒，聲音突然變得毫無起伏：
「至於適合高須同學的人，舉例來說——」
她停了一會兒，吐口氣繼續說：
「——想知道嗎？」
背對著竜兒還是可以挑釁——垂落在衣服上的頭髮有點捲，一瞬間可以看到側臉的精緻輪廓。可是竜兒不甘被她玩弄，盡可能壓低聲音：
「……我不怎麼想知道。」
「那我就不告訴你。先、走、一、步、掰♡」
「咦！」
這根本就是故意惹人厭嘛！亞美明知竜兒害怕，竟然冷不防地拔腿就跑。
「川、川嶋！喂！等等啊！川嶋！」
亞美不回應也不回頭，像隻腳步輕快的羚羊在岩石堆中奔跑——從腳下的水聲就可以知道速度很快——她似乎想甩開竜兒，刻意往彎彎曲曲的狹窄岔路跑去。
不安的竜兒只憑微弱的手電筒光線在後頭拚命追趕，幾乎快要喘不過氣。看來他除了全力追逐奔跑的亞美，已經別無選擇。
「喂！等、等一下！我求妳等一下！妳真的知道要往哪裡走嗎？」

竜兒好不容易抓住亞美的手肘，可是亞美沒有甩開竜兒的手，反而開始環顧四周：

「——唉呀？迷路了。」

我就說會發生這種事了，誰叫妳衝這麼快。我不是說了……這下子該怎麼辦？妳根本不知道我們現在處於什麼狀況吧？這些說不出口的想法一股腦湧上竜兒的腦袋。竜兒努力站直身子：

「沒、沒問題的！北村他們一定會來找我們！妳別怕，有我在！」

竜兒雖然快要崩潰了，還是努力裝出含糊的笑容，希望亞美不要因此而感到不安。他只能做到這樣，不知不覺地用力抓住亞美的肩膀。

「……高須同學，對不起。」

「不、不用道歉！」

「不是，對不起、對不起……我說迷路，是騙你的！」

鏗！竜兒感覺下巴好像掉下來了。亞美扭動身體，露出水汪汪的吉娃娃眼神看著竜兒：

「唉呀，再怎麼說人家也不可能這麼亂來嘛～用腦袋想想就知道啦！」

小、笨、蛋♡亞美的食指輕碰觸竜兒的鼻尖。竜兒抓住她的手指。

「……！……！……！」

「哇！住手！等一下！都說對不起了啊！呀——！」

竜兒不給亞美機會逃走，一手抓住亞美，一手揮舞裝有油豆腐的塑膠袋打她。生氣！我真的生氣了！害我這麼擔心──這個傢伙、這個傢伙、這個女人！

「……噗！哈哈哈！」

被油豆腐毆打的同時，亞美不知為何突然大笑。話先說在前頭，現在好笑的可是這個下巴與臉頰遭到油豆腐攻擊的女人。

「這、這可不是笑的時候好不好！我真的很擔心啊！」

「唔噗、哈哈哈！對不起、對不起……因為、因為、高須同學好像小孩子！哈哈哈哈，住手、油豆腐──！」

「可惡……當我是笨蛋……」

放開哈哈大笑的亞美，竜兒開始盯著油豆腐……嗯，沒問題。真不愧是油豆腐，依然完好無缺。

「高須同學，真──的是個，怎麼說……很沒用的傢伙耶？」

「關妳屁事！」

亞美還是氣喘吁吁，邊說邊靠在岩壁上，擦去眼角的淚水：

「可是呢，那麼沒用的模樣……譬如說一生氣就拿油豆腐亂揮，我並不討厭喔。喂，我說喂！別盯著油豆腐，聽人家講話！」

「我有在聽。」

「我剛才不是說過実乃梨不適合高須同學嗎?那可是認真的。因為高須同學不可能用油豆腐打実乃梨、也不會在実乃梨面前表演自戀狂的模樣吧?」

亞美終於收起笑容，恢復平常冷酷的眼神。眼睛閃閃發光，定眼看著竜兒腳邊：

「再說……高須同學是月亮。」

「……什麼意思?」

「実乃梨是太陽，待在她的身旁，只有燃燒殆盡，終究只剩消失一途……這是我的看法。只是憧憬她的話，永遠無法對等。能夠和你對等的人，舉例來說——像是我這種人。」

「……我和妳只有身高對等吧?」

我早就知道実乃梨是太陽了，一開始就知道了。因為她就有如太陽一般耀眼，我才會對她一見鍾情、喜歡上她。這種事情不需要亞美提醒。

「……」

「我是這麼認為的……如果是和高須同學在一起，我們就能夠對等相處。」

亞美冰冷的手指不知幾時纏上竜兒的手腕。她站在竜兒旁邊，手指沒有進一步的動作，只是臉上沒有任何表情，抬頭仰望竜兒——

「這已經和逢坂大河無關，只是我的想法……因為我這麼想，所以才會這麼說。你不用

胡思亂想。」

瞬間離開竜兒身邊，比剛才靠過來時還要快，彷彿跳舞翻身過去——伸手撥弄頭髮，露出天使笑容。

兩人再度前進沒多久——

「咦？電池沒電了嗎？」

竜兒的手電筒突然變暗，不停閃爍。

「啊，我的也是。」

說著說著，亞美的手電筒也差不多在同一時間開始閃爍，幾乎快要熄滅。

「喂，這下慘了。要是沒有手電筒，這裡可是一片漆黑喔！」

「咦……這樣一來，就算我再厲害，可能也走不出去……距離出口還有一段路耶。」

「我們快點和北村會合吧！」

兩人互看一眼點點頭，同時邁開步伐。這可不是開玩笑，這下子問題大了！

兩人拚命跑了好一陣子，好不容易才聽到其他人的聲音。

「川嶋！是大河他們的聲音！」

「嗯，我聽見了！」

仰賴忽明忽滅的燈光，兩人再度轉進狹窄岔路。

「哇啊！我的手電筒不行了！」

「抓住我！快點！」

跑在前面的竜兒伸出手——亞美的手電筒完全熄滅，纖細手指輕輕抓住竜兒的手，竜兒用力回握——會怕也是理所當然的！亞美可是女孩子，我必須保護她才行！

跌跌撞撞的兩人終於回到寬廣的大路。

「哇啊啊啊啊啊！嚇死人了！」

「唔喔！」

迎接兩人的是実乃梨的慘叫聲，以及被実乃梨的慘叫聲嚇到摔倒的大河。

「高須還有亞美！你們跑到哪裡去了？我還以為你們走散了！」

「我們是走散了啊！你們竟然拋下我們自己先走了？不過這不重要，我們的手電筒不行了。川嶋的已經不行了，我的也差不多了。」

「你們也是嗎？」

北村一句話就讓竜兒愕然無言。実乃梨伸手拉起大河的手，大河手中的手電筒也玩完了，実乃梨與北村的手電筒也是不停閃爍，一副垂死掙扎的樣子……正想開口——

「哇啊，熄了！」
竜兒的手電筒突然熄滅。
「騙人的吧！喂！討厭討厭討厭！如果全部都熄滅怎麼辦？不就走不出去了嗎！」
実乃梨的哀嚎混雜著眼淚。
「不，不會啦，我們只要沿著岩壁一直走，就可以回到入口……再說我們剛剛一路走來也沒走進岔路……」
「怎麼可能！我們已經離入口相當遠了，也走進不少岔路！這樣一來我們會一直原地打轉啊！哇啊！熄滅了！」
真是禍不單行，実乃梨的手電筒也在此刻熄滅……現在僅存北村的手電筒。実乃梨用力抓住亞美與大河的手臂，竜兒也連忙走近，盡量不要離太遠，貼在女孩子身後前進。
「喂，你也過來這邊……」
一片寂靜——
北村的手電筒突然熄滅，四周陷入一片黑暗，沒有任何光線。敏銳的耳朵聽見誰嚥了一口口水……海水依然嘩啦嘩啦流動。
「對不起……我剛剛鬧得太凶……現在有點不舒服……站不……」
「咦？小、小実！」

「実乃梨？真的嗎！」

「櫛枝！」

「咚！」黑暗中響起実乃梨倒下的聲音。竜兒拚命揮動雙手，想要扶起倒地的実乃梨。

「沒事，我抱住櫛枝了。」

北村的聲音讓竜兒總算放下心中的大石頭。

「那、那是什麼聲音……」

「討厭、好像什麼在拖行……咦？那是什麼？」

嘶、嘶……低沉的聲音就在附近，好像有股氣息……正在繞著我們？

「竜兒……你在哪裡？竜兒……」

「這裡！」

小小的手掌擦過自己臉頰——是大河的手。反射性意識到這一點，竜兒連忙伸手扶住她的腰。到了現在這種時候，大河也沒有抗議，兩人的身體緊靠在一起。可是奇怪的聲音依舊持續不斷，就連竜兒也快暈倒了。

這是夢吧？是惡夢吧？

如果這是現實……如果在這裡遭到某個東西襲擊，搞不好會死掉？竜兒腦中浮現泰子的臉。如果自己有個萬一，泰子也會一起死啊！這樣一來就什麼也不剩了！早知道會死，當初就該乾脆一點向実乃梨告白！被甩也好、讓她不愉快也好，就算友情到此為止也好，反正死了都無所謂了！

如果眼前的情況真是現實，「那個」還比較好！好上幾倍！就是那個大河和我都害怕的狗未來。那種下場或許很沒用、或許很沒出息，至少看起來是幸福的……事到如今，竜兒不禁開始這麼認為。

有大河、有泰子、還有小鸚，雖然只是狗屋，好歹也是個家；雖然是狗倒也生了不少孩子，一臉幸福的泰子抱著孫子……跟大河說吧！一定會被揍，不過還是說吧！

告訴她：「狗未來」或許還不錯。

「呀——！」

竜兒的想像被尖叫聲打斷。那是亞美的叫聲。

「你們聽到了嗎？喂，聽見了吧！好討厭，那是什麼啊！」

竜兒也聽到了那個聲音，好像來自地底的低鳴，不像人類發出的聲音……令人不舒服的恐怖聲音，簡直就像怪物的聲音。

「混……蛋……！」

大河也發出不輸怪物的低吼聲。

「既然這樣……既然這樣——！來吧！囂張的傢伙！」

老虎本能覺醒了嗎?大河在黑暗中咆哮,甩開竜兒的手打算起身。等等!拜託妳別跟對方開打!竜兒用力拉回大河的身子。

「住手、大河!妳也會有危險啊!」

「少囉唆!我怎麼可能漠視不管!反正都是死路一條,那我寧可奮戰到死!再一下,我快要看見了!」

「不會吧!」

這就是天生的猛虎,連夜視能力一併繼承的貓科動物——逢坂大河。

只要這傢伙不高興,就會露出獠牙;只要被她視為敵人,就會伸出虎爪;身材雖小,卻充滿超乎常人的鬥志與殘暴。「吼!」大河低鳴示威……雖然她是如此堅強、擁有值得信賴的力量——

「好!衝啊————————!」

「給、我、住手——————————!」

竜兒叫得比大河還大聲,聲音響徹整個洞窟。他使盡全力拉回狂暴的大河,連同亞美一起緊緊抱住:

「聽好,全都給我冷靜一點!這種時候還這麼亂來,成何體統!我們先來報數!一!」

「二、二!」

亞美以快哭的顫抖聲音回應。
「三──！」
這是大河的怒吼──
「四和五不見了──！」
竜兒快要昏倒了。四和五，也就是実乃梨和北村。大河忍不住掙脫竜兒的手臂──
「小──実！北──村──同──學！」
拚命呼喚沒有回應的死黨與單戀對象──
「唔哇！」
雖然四周暗到看不見，不過聽這聲音應該是滑倒或是摔跤。大河擺脫竜兒的手臂，然後發出慘叫聲，接著是一聲「啪沙！」的水聲。
「大、大河？掉下去了！」
「噗！……唔噗！噗呀──啊！」
竜兒在黑暗中忘我地朝發出水聲的地方爬去，拚命揮手想抓住應該是大河手臂的東西。得快點把她拉起來才行！
「大河沒事吧！」
実乃梨的聲音聽來莫名大聲。

「暫停！暫停——！北村同學，發生意外了！先救大河！」

「收到！」

兩把手電筒突然亮了起來。

其中之一是北村，他就站在不遠處；而另一把——

「妳、妳……」

「呵呵呵，被發現就沒辦法了……我不會再逃避了！我就是人稱小実的櫛枝実乃梨！」

她手上拿著麥克風，而麥克風另一頭對著發出那個不像人類，比較像是怪物發出的聲音的地方——肚子。

竜兒並非抓到大河的手，而是大河的腳——大河倒在水深二十公分的地方，被竜兒抓住一隻腳，正在拚命遮住自己的內褲，還沒察覺現在的狀況。而竜兒跟亞美也搞不清楚到底這是怎麼一回事。

為什麼？究竟怎麼了？人稱小実的実乃梨，到底是怎麼一回事——？

6

「犯人——就是我！」

一指！

看到実乃梨的手指著自己，竜兒、大河，還有亞美全都傻傻看著她，無話可說。三個人並肩坐在沙發上，像嗷嗷待哺的雛鳥一樣張開嘴。

実乃梨接著指向身旁的北村——

「共犯，就是你！」

「各位，真是對不起。」

「對不起！」

站在一起的兩人深深鞠躬。

別墅的客廳裡只有一片沉默，以及不變的平穩海浪聲。太陽早已下山，窗外是一片藍色的透明帳幕。

「什麼……？什麼意思……？」

大河微弱的哀鳴，帶著幾分風雨前的寧靜。

実乃梨與北村老實說出自己的所作所為——首先是竜兒房裡的枕頭，再來是大河房裡脫下亂丟的衣服、搖晃的窗戶、關上的門、洞穴中的頭髮，還有最後的神祕怪物……

「唉呀，我們只是忍不住、忍不住想要告訴大河和高須同學，你們真是太天真了。還有啊，那個黏答答的黏液是濃稠的化妝水，頭髮則是我自己——」

嘿！実乃梨揪起後腦勺的頭髮，那裡的確少了幾撮。

「說我們天真……那就是說……我和大河的計畫……早就曝光了？」

竜兒戰戰兢兢地發問。実乃梨重重點了點頭：「YES！」

「一開始我只是覺得很奇怪，為什麼一直發生莫名其妙的事情，大河和高須同學也是鬼鬼祟祟。於是我就覺得，這是不是你們計畫好的。不過之所以能夠確定，是煮咖哩時出現的北村同學生靈。高須同學，你是假裝大河也在廚房對吧？」

「唔、嗯。」

「就是那時候我才確定有問題——因為大河根本不會做家事，可是高須同學卻不斷稱讚她做得好、做得好。」

因為我想說給北村聽，讓他對大河有好印象……這種理由當然不能說。

北村帶著幾分抱歉搔搔頭：

「可是，你不覺得在洞窟裡一連串的失敗未免太不自然了嗎？你不覺得『可靠的北村怎麼可能會犯下這種錯誤！』嗎？」

「這……該怎麼說，我只是忍不住開始認為，你真的是個蠢蛋……」

「這、這樣啊……」

得知死黨對自己的評價這麼低，北村不禁有點難過。不過竜兒沒有發現，繼續說道：

「完全被櫛枝的精彩演技騙了……我還以為妳真的很害怕。」

「咦——？看來不像是故意的嗎？哪有女孩子會害怕到做出那種奇怪反應？」

「不、因為是櫛枝，我還以為妳害怕的時候就會出現那種反應……」

「這、這樣啊……」

実乃梨的表情也帶著幾分古怪。竜兒與大河都被騙了……或許他們擅自認定実乃梨不會騙人，才是這麼容易上當的原因。

「啊……搞什麼……原來早就被看穿啦……」

垂頭喪氣的大河顯得渾身無力。実乃梨拍拍她的肩膀微笑說道：

「嗯——我很開心喔！多謝大河，還有高須同學。」

「妳不生我們的氣嗎？我們明明知道妳討厭恐怖的東西，還打算嚇妳喔？唉，雖說後來全部失敗了……」

「我沒生氣喲！」

実乃梨的雙手在腦袋旁邊比出V字，開始晃來晃去。

「那是因為我就是在期待你們嚇我，才會公開說出我害怕恐怖的東西啊。就好像是那個——我好怕、我好怕、我好怕，噁心的殭屍好可怕，就好像『饅頭好可怕（註：日本相聲的一段。有人為了嚇嚇公開表示害怕饅頭的人，便把他跟很多饅頭關在一起。可是害怕饅頭的人卻把饅頭吃光了）』吧？」

「咦……呃？妳說什麼？」

「我的意思是說，只要我說：『好可怕、好可怕。』一定會有人想要惡作劇嚇嚇我吧？我就是在等待那一刻。其實我最——喜歡可怕的東西了！驚悚、顫慄、超自然現象、殭屍，我最愛這一類的！雖然一邊尖叫一邊吵鬧，事實上我可是很開心的！還有還有，雲霄飛車也是我的最愛喔！」

被耍了——徹底失敗。竜兒仰望天花板，大河也啞然張口，最後筋疲力盡地抱著頭閉上眼。沒想到大河昨晚對北村隨口撒的謊，正好說中真相。面對実乃梨的演技，竜兒和大河從頭到尾都被整了。

「察覺這是怎麼回事的我，半夜就找北村同學跟我搭擋，開始進行作戰會議。那時的大河和高須同學也在進行會議……既然這樣，我就順水推舟，送個間諜過去。」

「至於亞美則是多的。」

聽到自己被稱為是「多的」，亞美一句話也說不出來，只有嘴角不停抽動。這次最倒楣的人也許就是亞美了。

竜兒仰望天花板一動也不動——我到底在幹什麼？

難得的旅行、難得的機會……我到底在幹什麼？

大河的心裡八成想著同樣的事……她在沙發上縮成一團，悶悶不樂皺著眉頭。難得有機會接近北村，自己到底得到什麼？不是什麼也沒有嗎？

好空虛，今年夏天就這麼結束了。

什麼也沒留下，與実乃梨的關係也沒有任何改變，一輩子只有一次的十七歲夏天就這麼結束了。

「那麼，接下來……鏘鏘！」

実乃梨與北村也許覺得有點過意不去，舉止莫名地開朗起來，讓大家看看他們拿在手中的大袋子。

「昨天我們有買煙火喔！到海邊放吧！」

現場沒有絲毫熱烈開心的氣氛，可是竜兒心想，煙火或許正適合此刻的自己——盛大地發光發熱之後消逝的火花——不對，我根本不曾發光發熱……

涼風吹過海灘，山邊傳來暮蟬的感鳴。太陽比想像中還要早下山，季節已經接近秋天。

聽著海浪聲，竜兒腳穿海灘鞋走在冰冷到讓人驚訝的沙灘上。剛剛走過時明明還能感覺到正午的熱氣。

「哇啊！好可怕、好可怕，小実！」

竜兒聽到大河的聲音而轉頭。

「就跟妳說沒問題，一點也不可怕。妳看！好美、好美！」

大河把手伸得筆直，讓実乃梨點燃煙火。大河手裡的細長煙火立刻冒出淺綠色火焰，同時響起霹靂啪啦的爆炸聲，四周還有一朵一朵小火花。大河一副不知所措的模樣呆立原地，動也不動盯著煙火——火焰照亮大河過於蒼白的臉龐，也照亮実乃梨的笑容。

「接下來換我！要放哪一個好呢？這個好了！」

実乃梨也從袋子裡選了一支喜歡的煙火，用打火機點燃。在散發些許微弱火花之後——

「喔！」

「唔哇！」

在実乃梨與大河的叫聲中，煙火噴出鮮豔的粉紅色火球，而且數量越來越多，閃耀眩目的光芒。

「哈哈哈！這個好棒喔！」

実乃梨興奮得團團轉，粉紅色火焰在黑暗中拉出長長的光之軌跡，実乃梨的樣子就像是被閃耀光芒的繽紛緞帶圍繞。

竜兒心想，那個笑容多麼耀眼啊！実乃梨笑容底下的潔白牙齒比煙火更加令人目眩神迷，眨呀眨的眼瞳比煙火更加閃耀。

望著実乃梨的自己，也許無法在她的人生中占有一席之地，甚至連存在的證據都無法留下，便在她的人生裡消失。不但無法成為戀人，也無法接近她，就連想要嚇嚇她、達成她的願望都做不到……嚇她、讓她害怕，用盡各種卑鄙手段，最後的結果還是失敗。讓她開心？更是差得遠了。

有點想哭，大概是因為夏天快要結束了吧？

不遠處的北村點燃沖天炮，「咻！」的一聲飛向空中。「哇——哦！」実乃梨大聲歡呼；大河發不出聲音，只是張口仰望。在女孩子的視線之下，飛射的光芒終於炸開，在海上開出綠色與紅色的璀璨火花。

亞美坐在遠處，好像正在望著飛向天際的煙火，其實什麼也沒有看進眼裡，只是抱住膝蓋，好像很無趣、很寂寞的模樣。

亞美知道我喜歡実乃梨了吧?可是為什麼會被看穿呢?竜兒不知不覺凝視亞美的側臉,亞美似乎也注意到竜兒的視線。

看看竜兒,聳聳肩膀。不帶一絲笑容,只是輕輕聳肩。

這麼說來,亞美在洞窟裡曾經說過「高須同學,會感到寂寞嗎?」可是竜兒不能回答「寂寞。」該不會……竜兒現在才想到這一點。

這是自己的答案,難道她正在體會我此刻的感受?自己的存在無論對誰來說,都是可有可無——也許我帶給她這樣的想法也說不定。然而実乃梨對我的價值,以及我對亞美的價值,怎麼想都不一樣吧?

竜兒起身走到亞美身邊。就算被拒絕也要把話說完。

「喲,今天一天真是夠慘了。」

「……」

一臉不耐煩的亞美抬臉望了竜兒一眼,馬上轉過頭去。

「我們繼續剛剛的話題,我還沒回答妳……如果妳不在的話,我會覺得寂寞喔。不過,這該怎麼說呢……」

她注意到我打算繼續說下去。

「該怎麼說……重點不是有沒有人覺得寂寞,而是自己會不會寂寞吧?覺得寂寞也沒關係，只要思考怎麼做才能夠不寂寞就好了。妳看，因為我們兩個……就像妳說的……是對等的。既然覺得寂寞，就坦率表現出來啊！」

依舊不肯回頭的亞美眼裡，發出強烈光芒……北村發射的沖天炮倒映在她的大眼睛裡，看來相當美麗。這跟說謊沒有關係，只是單純的美麗。

「高須同學……」

過了一會兒，亞美總算開口：

「我、我……」

亞美沒有轉頭，也沒有看向竜兒，只是發出不成聲的低語，細小微弱的聲音幾乎快要被海浪聲蓋過、被煙火聲吹散。

——我不曾想過自己寂不寂寞。

「那妳好好想一下吧。」

「不會……很痛苦嗎？」

「有辦法解決就不會痛苦了。」

既然覺得寂寞，就要坦率面對寂寞——竜兒說服自己，邁開腳步。他對亞美說的話，同時也是在說給自己聽。理所當然的解決辦法，就是親自動手把關係拉到對等位置。這其實是相當簡單的道理。

「喂，櫛枝。」

「嗯？」

実乃梨拿著煙火回頭。自己不在実乃梨心裡，真的好寂寞，一點也不對等——就是這麼一回事。既然如此，就讓我主動和她交談。想要知道有多少可能性、找出有多少空間，只能靠自己主動開口。我好想大聲告訴她：「我在這裡！」

「我說……」

大河一溜煙離開実乃梨的身邊。大河一面說「我拿煙火去給蠢蛋吉！」一面留給竜兒與実乃梨獨處的空間。就算為了報答大河的幫忙，我也要竭盡全力鼓起勇氣。

「那個……櫛枝，謝——謝謝妳。」

「呃？」

「真的很恐怖，不過回想起來也很開心。我們都被妳騙了。妳啊，該怎麼說，真是帶給我一連串的驚喜。只要有妳在，不論到哪都很開心。」

疲於驚訝的実乃梨沉默了一會兒：

「哈哈哈……你搶走我要說的話了。」

她以一如往常的笑容看著竜兒：

「這趟旅行真的很開心，我才要跟你說聲謝謝，謝謝你讓我這麼開心。海帶芽幽靈、還有辣死人的咖哩，真的好好吃……啊，我們還一起做了三明治吧？実乃梨特製的黃芥茉增量版，你還幫我試了味道。另外還有……還是……聽到我莫名其妙的發言，你不但沒有笑我，還很認真地聽我說，了解我想說什麼……」

実乃梨緩緩轉動雙手的煙火，陶醉地望著火光，再度笑了起來。

「還有啊——嚇你們那件事，真的很對不起。弄髒你的毛巾，也真的很對不起。我下次送你一條吧。都怪我無論如何都想讓高須同學看到幽靈，才會得意忘形。」

「為了我……？」

「嗯，沒錯。」

実乃梨低頭看著煙火，然後慢慢抬起頭，以映著煙火光芒的眼瞳直視竜兒的臉：

「你不是說過你想看到幽靈？所以我才想說要讓你見識一下。因為高須同學似乎一直努力想讓我看見幽靈……我的害怕模樣雖然是假的，可是我說的那些話都是真的——全部都是真心話。」

竜兒猜不出実乃梨話中的真意，不知不覺閉口不語。実乃梨趁機繼續說下去：

「高須同學，為什麼想嚇我？」

「呃——那是因為……大河告訴我妳討厭恐怖的東西，所以我……」

「興起惡作劇的念頭？所以想要捉弄我？應該不是吧……高須同學不會聽到人家說討厭

什麼就故意嚇人，以此為樂的人。你是隨時都想要讓別人開心的人……」

「唔——」竜兒語塞。実乃梨看著說不出話的竜兒，沒有生氣，但也沒有微笑，只是直直看著他：

「我真的很想知道，如果我害怕的話，高須同學會因為什麼而感到高興呢？連我自己都覺得不可思議……」

「這……」

竜兒舔舔乾燥的嘴唇，心臟好像剛被拉上岸的魚，瘋狂跳動。

可是還是說出一直想說的話：

「我想讓妳相信幽靈的存在，我想讓妳看到幽靈。那一切都不是騙人的，妳不是局外人，所以——所以……」

竜兒在心中祈禱実乃梨能夠聽懂自己一口氣說完的話。

「這樣啊……」

実乃梨只回這麼幾個字，可是眼神卻變得溫柔而放鬆。她究竟了不了解竜兒的心意？無從得知。究竟接不接受？也無從得知。

微笑的実乃梨繼續開口：

「高須同學，你看到幽靈了嗎？」

竜兒緩緩點頭——我看到了，我的確看到幽靈了。

実乃梨能夠看到嗎？能夠看到幽靈、看到我嗎？竜兒沒有這麼問，只是凝視腳邊沙子。能夠看到就好了。

在実乃梨心中，留下我存在的證據……不用到幽靈的程度，只要像鬼火一樣就夠了。

「那麼接下來……對了、高須同學，我們一起去找UFO吧？不是人造衛星喔！」

実乃梨突然仰望天空，瞇起眼睛微笑。

「幽靈之後是UFO……再下來去找土龍！這樣一來，世界也會逐漸改變……只要找到想看到的東西……讓我的世界有所改變，這麼一來，或許……有一天……」

就在那瞬間——

竜兒的眼角瞥見有什麼東西在發光，突然伸手指向海面。

実乃梨轉頭看向竜兒手指前方。

昏暗的水平線升起一顆顆火球，接連不斷地爆炸。

在藍色天空那頭，開出光與火的鮮豔花朵。慢了幾秒才傳來低沉的聲音「轟！」

彷彿星塵的光芒從実乃梨頭上落下。

実乃梨張開雙手，眼裡閃耀比星星還要耀眼的光芒，煙火照亮她的鼻尖。小聲說了什麼

——不是要講給誰聽，只是說給自己聽：

「UFO爆炸了——」

北村也注意到了，抬頭仰望天際。

大河與亞美也望向天空。

所有人都因為太過突然的火花亂舞而說不出話來——

煙火不斷飛向天邊，炸出絢爛火花之後四散……紅色、黃色、藍色、綠色，盛夏的煙火燃燒天空，耀眼光芒叫人眼花撩亂。

「銀河戰爭……開打了……?」

実乃梨朝著天空張開雙臂，彷彿不敢相信這是事實，口中唸唸有詞：好像在作夢，我竟然看到了——不停反覆再反覆。

在絢爛奪目的天空下，竜兒始終沒注意。

大河緩緩放下舉到一半的手。煙火好漂亮啊！看啊，笨狗快看！大河的手沒有和平常一樣，抓著那件平常都會抓住的T恤，就這麼放手。

她終於明白了——原來沒搞懂的人是自己。

原來如此。

原來是這麼一回事。

只有一旁的亞美，看見大河的側臉。在煙火飛舞的夜空，眼中的詫異多過同情。可是她決定不把這件事告訴任何人，只是待在她旁邊。

＊＊＊

「……！」

一覺醒來，大河瞬間反應不過來自己身在何方。自己好像作了一場奇怪的夢，受到夢裡氣氛的影響，害怕自己一個人被丟在某個恐怖的地方。

「妳在幹嘛？快點下車了！」

「啊？呃？」

竜兒正在她的眼前，旁邊的北村幫亞美把行李從行李架上拿下來。亞美不理會北村的舉動，逕自盯著香奈兒手鏡，開口叫道：「唉呀——電車裡的空氣果然太乾了！」

「大河——！走了喲！」

実乃梨拉住大河的手，將她從座位上拉起來——実乃梨臉上只看得見開懷大笑的嘴巴，伸手把藤編包包遞給大河。

旅行就這麼結束了。特急電車不知幾時停在熟悉的車站，月台上都是下車的乘客。

大河急急忙忙抱著包包，握住実乃梨的手，走向狹窄的走道。自己究竟是幾時睡著的？好像睡太久了，頭部傳來陣陣疼痛，連胃也開始刺痛。

「小実……我的肚子好像有點痛……」

「咦？不會吧？還好嗎？高須同學——大河說她肚子痛！」

什麼——竜兒和北村一起轉身。

「要吃藥嗎？先在月台的椅子上坐一下吧。」

眼鏡後那對光看就叫人落淚的溫柔眼神，正在看著大河的臉。大何只是搖頭說聲：「不用了。」挪開視線。

不用了。

這樣就好了。

再過幾天暑假就要結束，這樣一來又要回到原本的日子。

不變的一群人、不變的教室、不變的早晨與夜晚。還有稍微改變的什麼……

可是大河心想，這樣就好。因為沒有不好的理由。

來到兩天前大家集合的剪票口——

「到家之前都還算是旅行喔！各位不要鬆懈，趕緊邁上歸途吧！」

北村又開始發表有些丟臉的演說。竜兒無視他的發言：

「順便去超市買東西吧……今天是星期五，也就是說有鮪魚特價。」

「大河，妳說呢？」竜兒試著詢問大河——

「吵死了！我很累耶！別拿那些家庭主婦的小事來煩我！」

只換來冷漠的回應。

亞美也是陷入沉思。看樣子她似乎很在意稍微曬傷的鼻子。

「今天我就直接回爸媽家，順便去一趟護膚中心吧～」

剛發表完名媛發言，就被実乃梨「喂喂喂喂！過來這邊！給我過來！」勉強拉進不同世界的集團。実乃梨開始語重心長說道：

「嗯——本次的旅行在沒發生任何意外的情況下結束，真是太好了！那麼，各位！我們新學期學校見了！」

——明天我們社團活動時還會見面啊！在大家揮手道別的氣氛，只有不會看場面的北村聲音獨自迴響。背對大家的実乃梨準備往北口的腳踏車停車場走去，又轉身呼叫竜兒的名字：「下次我再帶毛巾給你，你要什麼顏色？」、「啊——藍色！」、「咦——？粉紅色？」、

「我說藍色！」、「咦——？閃亮亮的金蔥？」、「藍・色——！」、「知道了，卡其色吧！」
裝出豁然開朗模樣的実乃梨笑容，比平常更加耀眼眩目——「啊、呃、好……卡其色……」

冷眼看著兩人的大河說了一句「真是蠢蛋」當場坐下。亞美只是冷冷看了大河一眼，拍拍竜兒的背，說了聲「掰掰！」便戴上太陽眼鏡，表情從暑假高中生變回清秀模特兒，邁步走向通往市中心父母家的轉乘剪票口。北村把胃藥遞給大河，揮揮手「我也去牽腳踏車了！」便朝與実乃梨相同的方向走去。

高須竜兒的高中二年級夏天，就這樣宣告結束。

後記

很奇妙的事情就是，我今天也讓西褲的釦子飛出去了。不願相信，但這就是事實——我是竹宮（ゆ），大家好。雖然不是什麼重要的事，不過現在好像已經不用「西褲（JUPON）」這個字了？真是對不起各位，現在都改說「褲子（PANTS）」了吧？還有女用的黑色衛生褲……不、內褲……也不對，是「內搭褲（SPATS）」！現在也不說這個詞，而改說「貼腿褲（LEGGING）」了吧？我不曉得這個字怎麼唸，看來我從來沒說過這個字吧？L、E、G、G、I、N、G（沒想到有點年紀的我還拼得出這個字）……LAGG……（果然還是寫不出來）

先別管那些了，最重要的是——

感謝各位讀者買下２００７年第一本小說的《TIGER×DRAGON4!》，在此獻上由衷的感謝。

自己用得理所當然的辭彙，轉眼之間已經變成「死語」，時間的流逝真是教我愕然。自己因為覺得有趣而試著擺著進書裡的「笑料」（現在已經不用這個字了嗎……現在都改用「點子」了嗎……？）卻被編輯糾正、還被嫌太冷。在多次遭遇這類意外之後才完成的本作，不曉得各位看得還滿意嗎？希望我的作品能讓各位輕鬆度過閒暇時光，這樣我就感到無比開心了！本作還會繼續發展，還請各位支持下一本，以及接下來的續集，拜託各位了！

今天我要送給買這本書的讀者一點魔法小禮物，還請各位讀者收下。

這是食量小的人也能輕鬆一餐吃掉兩碗飯的魔法。

一、將鱈魚子分開之後輕輕剝下外皮。

二、依照個人喜好，切下蔥白備用。注意，放太多的話味道會變淡。

三、把蛋黃跟鱈魚子、蔥白混在一起攪拌。（蛋白可以加到味噌湯裡）

四、和剛煮好的白飯放在一起。

……回過神來，電鍋裡應該就會消失兩碗飯。若是改用義大利麵，至少可以吃掉兩百公克喲！（肯定的驚嘆號）

只要每天使用這個魔法，就能夠和我成為同一個村莊的村民。你問我是什麼村？等你變成村民就知道了。來吧，快點來吧！卡路里？那種事情之後再說，總之快點過來吧！一點也不恐怖喔……因為好吃所以沒問題！來吧！

不過話說回來，這個魔法（該說是這道配菜）真的很厲害。可能變成幾萬隻鱈魚的鱈魚子，配上可能變成雞的雞蛋，再加上可能長成稻穗、結成幾百株稻米的幾千顆米粒，然後一口氣吃下去……比起驚人的膽固醇，它的可能性應該更為驚人。幾乎可以說是無限了。我該不會就是喜歡它的可能性吧？這麼說來，我也喜歡鮭魚子蓋飯（幾百隻鮭魚的可能性×幾百株稻米的可能性×幾千）。不對，我也很喜歡鮭魚。

也就是說，當我大快朵頤可能性的同時，也狠狠捨棄自己人生之中身為「女人」的可能性了吧。唔哇！敲著鍵盤的手指噴血了——！

……

那在最後！真的、真的很感謝看我搞笑直到最後的讀者！也希望各位能夠繼續支持我的作品，今後我會更加努力的！請大家給我能夠繼續努力的力量！還有ヤス老師與責任編輯，我應該比兩位還重才對。這件事就當作我們的祕密，未來也以被詛咒的戀愛小說三連星的身分，一起努力到最後吧！

竹宮ゆゆこ

大家好，我是ヤス。
這回又是由我
負責插畫部分。
情況可以說是十分驚險……（汗）

最近突然變冷了，真是不得了。
外面極度寒冷，
讓我忍不住逃回房間。
好冷，就各個方面來說都好冷。
真希望能夠趕快暖和起來。

給照顧我的各位

總是帶給你們麻煩，真是很抱歉……!!
今年我也會繼續努力，
還請多多指教！

■助我良多的大山老師
這次也麻煩您幫了我一點忙，謝謝老師！

■買下這本書的各位
真的很感謝各位！
希望大家今年都有個好年！

那麼那麼
今年也請多多指教——

ヤス